Pablo De Santis
Die Übersetzung

Pablo De Santis
Die Übersetzung

Aus dem Spanischen von
Gisbert Haefs

Unionsverlag

Die Originalausgabe erschien 1998
unter dem Titel *La traducción*
bei Editorial Planeta Argentina, S.A.

Deutsche Erstausgabe

Herausgegeben von Thomas Wörtche

Auf Internet
Aktuelle Informationen
Dokumente, Materialien
www.unionsverlag.ch

© by Pablo De Santis 1998
© by Unionsverlag 2000
Rieterstrasse 18, CH-8027 Zürich
Telefon 0041-1 281 14 00, Fax 0041-1 281 14 40
mail@unionsverlag.ch
Alle Rechte vorbehalten
Umschlaggestaltung: Heinz Unternährer, Zürich
Umschlagbild: Martin Schwarz
»Predigendes Buchholz«, 1986
www.eigenartverlag.ch
Umschlagfoto: Marlen Perez
Druck und Bindung: Clausen & Bosse, Leck
ISBN 3-293-00272-2

Teil I
Hotel del Faro

Als ich begeistert und gläubig die Übersetzung eines gewissen chinesischen Philosophen durchblätterte, stieß ich auf diesen denkwürdigen Passus: »Einen zum Tod Verurteilten schreckt es nicht, am Abgrund entlangzuwandeln, denn er hat mit dem Leben abgeschlossen.« An dieser Stelle hatte der Übersetzer ein Sternchen angebracht und teilte mir mit, seine Fassung sei der eines konkurrierenden Sinologen vorzuziehen, der folgendermaßen übersetzt hatte: »Die Diener zerstören die Kunstwerke, um nicht ihre Schönheiten und Mängel beurteilen zu müssen.« Wie Paolo und Francesca hörte ich hier auf zu lesen. Ein mysteriöser Skeptizismus hatte sich in meine Seele eingeschlichen.

Jorge Luis Borges

1

Auf meinem Schreibtisch steht ein Leuchtturm aus Keramik. Er dient mir als Briefbeschwerer, aber vor allem ist er lästig. Am Sockel steht: *Andenken an Puerto Esfinge*. Die Oberfläche des Leuchtturms ist von Striemen überzogen, weil er gestern, als ich die Originalblätter einer Übersetzung sortierte, vom Schreibtisch fiel. Mit Geduld habe ich die Stückchen zusammengetragen; wer je versucht hat, einen zerbrochenen Krug wiederherzustellen, der weiß: Wie eingehend er sich auch bemüht, manche Bruchstücke tauchen nie wieder auf.

Vor fünf Jahren bin ich nach Puerto Esfinge gereist, eingeladen zu einem Kongress über das Übersetzen. Als der Umschlag mit dem Briefkopf der Universität mich erreichte, dachte ich, es handle sich um irgendein verspätetes Papier. Jahrelang erhalten wir ja Mitteilungen von Vereinen oder Clubs, denen wir nicht mehr angehören, Zeitschriften, deren Abonnement wir gekündigt haben, Grüße von Tierärzten an einen Kater, der vor einem Jahrhundert verschollen ist. Auch wenn man umzieht, erreicht einen derlei verspätete Korrespondenz; wir sind Teil unveränderlicher Adressenlisten, die einen Wandel von Interessen, Lebensumständen oder Gewohnheiten nicht akzeptieren.

Der Brief der Universität war jedoch keine solche verspätete Post; Julio Kuhn schrieb mir, um mich zum Kongress einzuladen. Kuhn war Leiter des Sprachwissenschaftlichen Seminars der Fakultät. Wir hatten zusammen studiert, aber ich hatte meine akademische Karriere nach dem Examen beendet. Ich wusste, dass Kuhn als Gegenleistung für einige technische Dienstleistungen Gelder von privaten Unternehmen für sein Seminar erhielt. Im Brief erklärte er, er wolle in Puerto Esfinge fünf Tage lang eine Gruppe unterschiedlicher Personen zusammenbringen, damit das Treffen sich weder in eine Zusammenkunft von Linguisten noch von professionellen Übersetzern verwandle. Mich habe er ausgewählt als Übersetzer wissenschaftlicher Texte.

Ich hatte seit langem keine Kontakte mehr zu meinen Kollegen. Wir waren geografisch verstreut, und irgendwie betrachtete keiner von uns das Übersetzen als endgültige Lebensaufgabe, sondern eher als einen Umweg, der von anderen Beschäftigungen wegführte. Einige hatten Schriftsteller werden wollen und waren zum Übersetzen gelangt; andere unterrichteten an der Universität und waren zum Übersetzen gelangt. Ohne es mir klarzumachen, hatte auch ich diesen Umweg genommen.

Meine Arbeit erleichterte die Kommunikation mit meinen Kollegen auch nicht, denn ich begab mich nur in die Verlage, um die Originale abzuholen. Ich traf dort Sekretärinnen, Herausgeber bestimmter Reihen, aber nie andere Übersetzer. Wir erhielten gegenseitige Mitteilungen, aber das waren indirekte Notizen, und größtenteils betrafen sie Dinge, die Monate zurücklagen. Vier Jahre zuvor hatten zwei Übersetzer, die gemeinsam an einer Enzyklopädie arbeiteten, eine Art Kollegium oder Gremium zusammenzubringen versucht, aber nur eine Hand voll Leute erreicht. Als diese wenigen sich eines Abends trafen, mit einem allzu weit gefassten Diskussionsprogramm, stritt sich jeder mit jedem, und die Übersetzer verstreuten sich wieder.

In dem Brief erwähnte Julio Kuhn die anderen Eingeladenen. Einige wenige kannte ich persönlich, die anderen nur vom Namen her. Mehrere Ausländer waren dabei. In der letzten Zeile stand der Name von Ana Despina. Sie hatte ihre Teilnahme noch nicht zugesagt, aber ich beschloss, meine zu bestätigen.

Gegenstände mit Aufschriften wie *Andenken an ...* sind selten Andenken an etwas; der Leuchtturm dagegen schickt mir immer noch Warnsignale.

2

Meine Frau, Elena, nahm die Ankündigung meiner Reise mit verhohlener Freude entgegen. Ein paar Tage lang würde sie frei sein von meinen Kopfschmerzen, meinen einsilbigen Äußerungen, meinen nächtlichen Wanderungen durch das Haus. Die Kopfschmerzen, an denen ich seit meinem fünfzehnten Lebensjahr litt, waren in den letzten Monaten schlimmer geworden. Untersuchungen hatten nichts ergeben; man hatte mir Medikamente verschrieben, die meinen Magen, nicht jedoch die Schmerzen erledigten. Man hatte die Kopfschmerzen nacheinander meiner Wirbelsäule, genetischen Faktoren, Augenproblemen, der Ernährung, meiner Arbeit, dem Stress, der Stadt, der Welt zugeschrieben. Ich griff lieber auf Aspirin zurück.

Elena ist sechs Jahre jünger als ich; wie um den Unterschied zu verwischen, spielt sie die Autoritäre und gibt mir immer Ratschläge, und ich tue so, als sei ich bereit, diese zu befolgen. Das Erteilen von Ratschlägen ist Elena ein Bedürfnis, aber sie weiß, es ist nicht unabdingbar, dass ich sie befolge; es genügt, dass wir von Zeit zu Zeit einen entsprechenden Dialog führen, in dem sie Alter, Vernunft und Ordnung übernimmt, Eigenschaften, an die auch sie nicht glaubt.

»Vergrab dich nicht im Hotel. Mach dir keine Sorgen wegen des Vortrags«, sagte Elena, während sie das Gepäck überprüfte. Sie legte ein weißes Hemd mit feinen blauen Streifen dazu und ein paar Wildlederschuhe. Die Fotokopie einer Übersetzung, die ich noch zu korrigieren hatte, nahm sie heraus: »Nimm keine Arbeit mit.«

Immer bin ich es, der den Koffer oder die Tasche zu packen beginnt, aber sie bezichtigt mich der Vergesslichkeit, nimmt meinen Platz ein und beendet die Arbeit mit Schwung. Sie blieb stehen und betrachtete nachdenklich die verschlossene Reisetasche.

»Wir sind schon lange nirgendwo mehr hin gereist«, sagte sie.

Das war eine Lüge. In den letzten sechs Monaten hatten wir drei Reisen unternommen. Ich widersprach ihr nicht, da die Wahrheit für sie ebenso offensichtlich war wie für mich. Sie wollte etwas anderes sagen: dass sie von dieser Reise ausgeschlossen war, dass die anderen Reisen nicht zählten, weil diese jetzt stattfand, und keine vergangene Reise ist mit der zu vergleichen, die gleich beginnen wird.

»An deinem Geburtstag wirst du weit weg von mir sein«, sagte sie.

Das hatte ich ganz vergessen.

»Es sind doch nur vier Tage. Wenn ich wieder da bin, trommeln wir unsere Freunde zusammen, und du machst mir einen Kuchen mit kleinen Kerzen.«

»Kennst du die anderen Teilnehmer?«, fragte sie.

Ich erzählte ihr von Julio Kuhn, dem Gastgeber; ich erinnerte an die endlosen Gespräche in den Cafés gegenüber der Universität. Sie erinnerte sich an die Äußerungen der anderen, hatte aber natürlich nichts von dem behalten, was ich gesagt hatte; als hätte ich gegenüber redseligen Gesprächspartnern immer geschwiegen. Ich erzählte ihr auch von Naum, mit dem ich in einem Verlag gearbeitet hatte, als wir beide zwanzig gewesen waren. Elena, die nie Romane liest, sondern nur Essays, kannte Naum gut und wollte sogleich wissen, wie es ihm ging. Ich empfand eine Art Nadelstich von Neid und Eifersucht; seit langem hatte ich nicht an Naum gedacht, und mich betäubte das Gefühl, mich nicht von ihm distanzieren zu können – wie wenn man auf der Straße einen alten Schulkameraden sieht und ihn wegen irgendeiner Beleidigung prügeln möchte, die drei Jahrzehnte zurückliegt.

Naum hieß Silvio Naum und veröffentlichte seine Bücher als S. Naum, und ich hatte ihn immer einfach nur Naum genannt.

»Kennst du eine der eingeladenen Frauen?«, fragte sie.

Ich betrachtete die Liste und wies auf ein paar Namen. Ich erklärte ihr, dass ich sie nur flüchtig kannte und dass sie viel älter seien.

Bevor ich zu Bett ging, legte ich Geld, Ausweis und Fahrkarten zurecht, denn ich bin nicht daran gewöhnt, früh aufzustehen, und morgens verhalte ich mich wie ein Zombie. Im Fernsehen schauten wir uns irgendein Bruchstück aus einem Film an – weit nach dem Anfang, den wir schon gesehen hatten, und weit vor dem Ende, das wir ebenfalls kannten – und gingen zu Bett. Beide konnten wir nicht sofort einschlafen; jeder hörte die Bewegungen und Drehungen des anderen im stillen Tanz der Schlaflosigkeit. Ich legte meinen Arm auf sie, und ich glaube, sie ist dann eingeschlafen; ich nicht.

3

Ich reiste mit dem Flugzeug zur Hauptstadt der Provinz. Der Flug dauerte etwas länger als zwei Stunden. Ich las die Zeitung, löste das Kreuzworträtsel und versuchte, die Notizen zu ordnen, die ich mir für den kleinen Vortrag gemacht hatte, den ich über Kabliz halten sollte.

Bei unserer Ankunft peitschte der Wind mit Wucht über die Landebahn. Im Flugzeug hatte man uns einen Kaffee und ein Sandwich serviert, aber trotzdem hatte ich noch immer Hunger.

In der Empfangshalle des Flughafens warteten einige wenige Leute auf die Passagiere unseres Flugs. Ein Mann in gelber Windjacke hielt ein Schild hoch, auf dem »Übersetzungs-Kongress« stand, und sieben Passagiere – mich eingeschlossen – versammelten sich um ihn.

Noch ehe wir einander begrüßen konnten, führte der Gelbgekleidete uns zu einem grauen Kleinbus, dessen Windschutzscheibe durch ein Eisengitter geschützt war. Beim Einsteigen las er eine Liste mit unseren Namen vor und strich sie durch, sobald wir uns identifiziert hatten. »Naum?«, sagte er zuletzt, aber niemand antwortete.

Neben mir saß eine schlanke, elegante Italienerin; sie mochte etwa fünfzig sein. Aus ihrer Mappe zog sie einen Spiegel, um zu sehen, ob ihre Frisur den Südwind überlebt hatte. Mit der rechten Hand ordnete sie die Haare, bis sie befand, ihr Zustand erlaube es nun, sich vorzustellen. »Ich bin Rina Agri«, sagte sie, wobei sie mir die Hand reichte. Die Geste löste eine Welle von Begrüßungen aus, und alle gaben wir einander die Hand und sagten gleichzeitig unsere Namen, und niemand konnte sich etwas davon merken.

Als die Begrüßungen endeten und die Konversation

wieder zerfaserte, fragte Rina Agri mich, was ich übersetzte. Ich erzählte ihr von den russischen Neurologen des Kreises um Kabliz, denen ich die letzten drei Jahre gewidmet hatte. Wie Menschen mit verschiedenen Muttersprachen, die beide verständliche Wörter suchen, um eine Unterhaltung beginnen zu können, forschten wir unter den übrigen Kongressteilnehmern nach gemeinsamen Freunden; dass sie Ana erwähnte, gefiel mir, denn durch die Erwähnung brachte sie sie mir ein wenig näher. Auch Naum kannte sie gut.

»In den letzten Jahren habe ich mich mit amerikanischen Bestsellern abgeben müssen, aber ich versuche, nicht die Neugier zu verlieren«, sagte sie. »Und ich korrespondiere noch immer mit einigen, mit denen ich an einer *Geschichte der Übersetzung im Abendland* arbeite. So habe ich Ana und Naum kennen gelernt.«

Seit zehn Jahren hatte ich keinen der beiden mehr gesehen. Mein ganzes Leben lang habe ich mich immer mit Leuten angefreundet, die dann aus dem einen oder anderen Grund ins Ausland gegangen sind; mit denen, die blieben, habe ich nichts gemein, und eigentlich auch nicht mit denen, die gingen. Ich empfinde mich als Fremder durch Ausschließung.

Die anderen Passagiere kommentierten die Landschaft, das heißt: die Un-Landschaft. Rechts und links vom Weg gab es nichts; achtzig Kilometer lang kein einziges Gebäude. Die niedrige, dornige Vegetation erstreckte sich in die Endlosigkeit.

Auf halber Strecke schlief die Konversation ein, belebte sich dann wieder, als der Weg der Küste zu folgen begann. Der Fahrer sagte nichts, er lenkte stumm, und wenn jemand ihm eine Frage stellte, antwortete er einsilbig.

»Waren Sie schon mal in Puerto Esfinge?«, fragte Rina.
»Noch nie«, sagte ich. »Ich wusste nicht einmal, dass es existiert.«

Aus der Mappe zog sie einen Plan und entfaltete ihn unter Schwierigkeiten. Karten sind eine abstrakte Version der Landschaft; aber auf dieser Reise geschahen die Dinge umgekehrt, und die Landschaft war eine abstrakte Version der Karte. Sie deutete auf einen Punkt am Meer. Ich suchte den Namen des Orts, fand ihn aber nicht.

Ein grünes Schild teilte uns mit, dass wir Puerto Esfinge erreicht hatten. Zunächst fuhren wir an einem Friedhof mit Eisengittern entlang, eingeschlossen zwischen grauen Mauern, und dann vorbei an einem Leuchtturm, der verlassen schien. Ihn umgab ein Drahtzaun, der in einem Sektor auf den Boden abgesackt war.

Der Wind schüttelte den Kleinbus. Das Meer, grau und kabbelig, hatte auf dem Strand einen Streifen aus toten Algen aufgetürmt, der an einigen Stellen die Konsistenz eines großen Walls der Verwesung annahm.

Weiter hinten hörte ich die Stimme eines Franzosen, der nach Palmen fragte, nach Sonne, nach den weißen Sandstränden, die man ihm versprochen hatte.

Der Kleinbus hielt vor dem Hotel. Eineinhalb Kilometer entfernt begannen die Häuser, die sich um die Bucht zogen.

Gemessen an Puerto Esfinge war das Hotel viel zu groß. Es sollte das Zentrum eines riesigen Tourismus-Komplexes sein, der aber nie zustande gekommen war. Es bestand aus zwei Gebäudeteilen, die einen zur Küste hin offenen Winkel bildeten. Eine Hälfte war fertig gestellt und begann zu verfallen; die andere hatte weder Türen noch Fenster, noch Putz. Ein riesiges Schild verhieß die Fortsetzung der Bauarbeiten, aber man sah weder Maschinen noch Arbeiter, noch Baumaterial. Über dem Eingang stand in versilberten Lettern: *Hotel Internacional del Faro;* darüber hingen einige ausgefranste und verfärbte Fähnchen.

Wir stiegen aus dem Kleinbus und vertraten uns die Beine. Ich rekelte mich und gähnte, das Gesicht zum Meer, in einer Art Gruß an die Natur; aber die kalte Luft löste bei mir einen Hustenanfall aus.

»In welcher Hotelhälfte werden wir wohl untergebracht?«, fragte die Italienerin.

Später, als ich meinen kleinen Koffer durch die Korridore trug, sollte ich bemerken, dass die Zugänge zum anderen Gebäudeteil durch abgeschlossene Türen oder ans Mauerwerk genagelte Bretter versperrt waren, und es gab Warnschilder, damit niemand hinüberging in das Hotel aus Schutt, eisigen Zimmern und Möwennestern.

4

Julio Kuhn empfing uns im Foyer des Hotels. Er war fast zwei Meter groß und gekleidet wie ein Bergsteiger. Die Schritte seiner Schnürstiefel dröhnten durch den Saal mit einer Sicherheit, die sofort von seinen Gesten widerlegt wurde: Solange nicht alle angekommen waren, würde er nicht ruhig sein. Mich begrüßte er mit einer Umarmung, und wir sagten, was man immer so sagt: dass wir uns nicht verändert hätten und einander öfter sehen sollten. Er erwähnte einige gemeinsame Bekannte, um zu hören, ob ich neuere Nachrichten von ihnen hatte als er; ich traute mich nicht, zuzugeben, dass ich nicht wusste, von wem er redete. Kuhn war der geborene Organisator; nicht besonders brillant auf seinem Fachgebiet, aber fähig, die wirren und disparaten Hirne jener zu ordnen, die ihn umgaben. Die erste Regel für einen Organisator ist, dass er alle zu kennen hat, und Kuhn schaffte es, kein Gesicht, keinen Namen zu vergessen.

Er reichte mir das Faltblatt für den Kongress. Eine zittrige Hand hatte mit der Feder den Leuchtturm von Puerto Esfinge gezeichnet.

Der Wind rüttelte an den Fensterläden. Kuhn sah sich befriedigt im Hotel um.

»Warum hast du diesen Ort ausgesucht?«, fragte ich ihn.

»Mein Vetter ist einer der Kommanditisten des Hotels. Er macht mir einen Sonderpreis; mit den Mitteln, über die ich verfüge, hätte ich sonst nicht einmal die Hälfte der Leute einladen können. Sie haben das Hotel vor zwei Jahren gekauft, als die ursprüngliche Betreiberfirma Pleite gemacht hatte. Im Moment gibt es kaum Touristen, wir sind außerhalb der Saison. Aber die Gruppe, die das Hotel gekauft hat, wird bald auch ein Casino eröffnen.«

»Wer soll denn so viele Kilometer fahren, um Roulette zu spielen?«

»Das haben die alles bedacht. Es wird Charterreisen für die Spieler geben. Man wird ihnen nichts für das Hotel berechnen, nur für die Mahlzeiten. Die Spieler legen keinen Wert auf andere Zerstreuungen, sondern werden sich im Casino einschließen, bis sie den letzten Centavo verloren haben. Ein Jammer, dass mein Vetter mich nicht als Teilhaber will.«

Ich suchte im Foyer Lebenszeichen von den übrigen Eingeladenen.

»Und die anderen?«, sagte ich.

»In zwei Stunden kommt ein weiteres Kontingent. Der Rest morgen.«

»Kommt Ana Despina?«

»Die wird bald hier sein.«

Kuhn sah mich bei seiner Antwort nicht an. Er war schon immer diskret. Als junger Mann konnte er einen stundenlang nach politischen Positionen befragen, mit enervierender Detailbesessenheit, aber er sprach nie von Frauen, falls nicht jemand dieses Thema aufbrachte. Zwischenmenschliche Gefühle waren ihm unbehaglich; Kuhn hatte sehr jung geheiratet, erwähnte aber niemals seine Frau. Ich weiß nicht, was die Liebe für ihn war, aber jedenfalls kein Gesprächsthema.

Der Mann an der Rezeption des Hotels notierte sehr langsam die Namen der Passagiere im Gästebuch. Er hatte Zettel verteilt, die wir ausfüllen sollten. Ich setzte meine Daten ein: Miguel De Blast, verheiratet, Alter … Am nächsten Tag würde ich vierzig. Ich wollte nicht vorgreifen und schrieb neununddreißig.

Man gab mir den Schlüssel zu Nummer 315. Im Zimmer nahm ich mir vor, ein wenig Ordnung in das zu bringen, was ich am nächsten Tag sagen wollte. Während der Vortragende in mir seine Ideen darlegte, schlief das mich behausende Publikum ein.

Ich erwachte vor Hunger. Im Foyer des Hotels gab es neue Gesichter. Kuhn, in einem Sessel sitzend, sprach mit einem etwa siebzigjährigen Mann. Irgendwo hatte ich diesen weißen Bart schon gesehen, diese schief sitzende Baskenmütze und vor allem die Ringe aus Stein und Metall, die an den Fingern seiner linken Hand steckten: ein Auge, ein Halbmond, eine Wespe …

»Valner, ich möchte Ihnen meinen Freund Miguel De Blast vorstellen. Er übersetzt seit vielen Jahren die Neurologen des Kreises um Kabliz.«

»De Blast«, sagte Valner, als ob mein Name ihm etwas sagte. »Sie haben doch auch Nemboru übersetzt.«

Diese Arbeit hatte ich fast vergessen. Vor sieben Jahren, nachdem ich monatelang darauf gewartet hatte, mit irgendeiner anständigen Übersetzung betraut zu werden, hatte ich mich auf die Anfrage eines Verlags gemeldet, der auf esoterische Texte spezialisiert war. Ich war in den vierten Stock eines Gebäudes gestiegen, das sich in der Nähe des Schlachthofs befand, um das Original von *Die verlorene Welt der Alchimie* von Kristoff Nemboru entgegenzunehmen, einem Russen, der in Paris lebte, aber weiter in seiner Muttersprache schrieb.

»Dieses Buch hat mir bei meinen Nachforschungen sehr geholfen. Weniger durch das, was es sagt, als durch das, was es nicht sagt. Nemboru weiß, dass nicht alle Wahrheiten veröffentlicht werden dürfen; um ihn zu verstehen, muss man die Anspielungen lesen können, die Leerstellen.«

Da erinnerte ich mich wieder, wer Valner war, nicht dank seines Gesichts oder der Ringe, sondern dank der Stimme. Der Stimme eines, der im Besitz einer Wahrheit ist, die die Übrigen nicht kennen, die Musik der Überzeugung. Er hatte eine eigene Radiosendung, in der er von Ufos sprach, von sich erfüllenden Prophezeiungen, vom Jenseits, von der Verbindung zwischen Ägypten und dem Mars. Jahrelang hatte Valner mangelhafte Übersetzungen vorgelegt: die Prophezeiungen des Nostradamus, die Bücher von Allan Kardek, theosophische Handbücher und Zusammenfassungen jener Werke, die das Corpus Hermeticum ausmachen. Er war einmal Verfechter des Esperanto gewesen, hatte sich dann aber zu dessen Gegner entwickelt, aus der Angst heraus, die künstliche Sprache könnte in der Welt triumphieren, und dann hätte es keinen Wert mehr, ein Eingeweihter zu sein.

Ich fragte Kuhn nach dem Programm des Tages.

»Ich werde den Kongress eröffnen, um alle willkommen zu heißen. Dann fängt Naum mit dem ersten Referat an, und nach ihm Valner, der morgen schon abreisen muss. Was ist das Thema Ihres Vortrags, Valner?«

»Ich werde von der henochischen Sprache reden, die die Engel John Dee beigebracht haben. Ich schreibe zurzeit an seiner Biografie.«

Ich hatte *Die verlorene Welt der Alchimie* übersetzt, aber übersetzen heißt vergessen. Undeutlich entsann ich mich des englischen Magiers, Erfinders von chiffrierten Sprachen, von Teleskopen, von geheimen Waffen. Durch einen schwarzen Stein, der glänzte wie ein Spiegel, sprach er mit den Engeln. Er verstand sich besser mit den Geschöpfen der anderen Welt als mit seinen Zeitgenossen; man klagte ihn der Hexerei an, eine Volksmenge wollte ihn lynchen und zerstörte seine Bibliothek. Jemand hatte geschrieben, Shakespeare habe ihn als Vorbild für seinen Prospero genommen.

»Ich habe schriftlich das Britische Museum um Erlaubnis gebeten, den schwarzen Stein sehen zu dürfen, aber den bewachen sie sehr gut. Wenn ich die Erlaubnis kriege, will ich im Winter hinreisen, um ihn zu sehen.«

»Ist er nicht ausgestellt?«

»Nein. Man hat mehrmals versucht, ihn zu stehlen, deshalb verstecken sie ihn. Davon stand aber nichts in den Zeitungen.«

»Warum nicht?«

»Die Leitung des Museums will nicht, dass von dem Stein gesprochen wird. Mithilfe von Veröffentlichungen, die sie ›fachkundig‹ nennen, haben sie alles nur Mögliche getan, um John Dee zum Scharlatan zu machen. Aber wenn er wirklich ein Scharlatan gewesen wäre, würden sie sich nicht so sehr mit dem Stein beschäftigen. Es ist das einzige magische Objekt, das es auf der Welt gibt, und sie lassen es niemanden sehen. Ich habe mehrmals um Erlaubnis gebeten, und immer haben sie sie mir verweigert. Diesmal habe ich mehr Hoffnung, weil es einen Wechsel in der Leitung des Museums gegeben hat. Sie haben gerade einen neuen Katalog veröffentlicht, mit hermetischen Büchern, deren Besitz sie bisher nie bekannt gegeben hatten.«

Valner erkannte jemanden und entfernte sich jäh.

»Warum hast du den eingeladen?«, sagte ich zu Kuhn. »Der hat doch nicht mal die Bücher übersetzt, in denen sein Name steht. Er hat fremde Übersetzungen abgeschrieben, und das auch noch schlecht.«

»Ich brauche jemanden, der von diesen erfundenen, verlorenen, künstlichen Sprachen reden kann. Ist es denn mein Problem, wenn seriöse Leute sich nicht mit so etwas befassen?«

»Komm schon, Kuhn. Machst du das, um dem Kongress ein bisschen Publicity zu verschaffen?«

»Ehrlich gesagt konnte ich nicht anders. Man hat mich unter Druck gesetzt, damit ich ihn einlade.«

»Wer hat dich unter Druck gesetzt? Die Präsidentin dieser mysteriösen Stiftung, die dich finanziert, um der Besteuerung zu entgehen?«

»Du kannst dir nicht vorstellen, wer es ist.«

Es war inzwischen fünf Uhr nachmittags. Ich trank an der Bar einen Fernet mit Coca-Cola und verließ das Hotel.

Der Wind brachte mich davon ab, meinen Spaziergang über eine verfallene Steinmole hinaus fortzusetzen. Von den faulenden Algen ging ein starker, süßlicher Geruch aus; in dem aufgetürmten Wall steckten noch Reste von Stadt und Meer: Zigarettenpäckchen, Krebsschalen, Angelschnüre, Bierdosen. Nahe der Mole stießen zwei Jungen mit der Spitze eines Ruders nach einem Haufen, der auf dem Sand lag. Als ich näher kam, sah ich, dass es ein Seehund war.

Aus dem Buch von Nemboru – von mir mit unnötiger Sorgfalt übersetzt – hatte ich gelernt, dass die Symbole in, zwischen oder hinter den Dingen auf uns lauern und dass es nichts Sichtbares gibt – nicht einmal achtzig Kilometer Wüste –, wo nicht ein Zeichen, eine Letter oder eine Botschaft unser harrt. Ich näherte mich dem toten Tier. Die Jungen, gelangweilt oder aufgeschreckt, entfernten sich. Vielleicht hatten auch sie in dem Körper die Form einer Initiale entdeckt.

5

Ich lese noch einmal, was ich geschrieben habe, und entdecke einige unnötige Majuskeln; das ist die Revanche für die vielen Male, da man meinen Nachnamen – De Blast – klein schreibt. Im Gästebuch des Hotels las ich »de Vlast«, als ich unter den mit unleserlicher Handschrift eingetragenen Namen Ana Despina suchte. Ehe ich sie finden konnte, erschien der Concierge und riss mir das Buch aus den Händen. Ich musste ihn fragen; mit selbstgefälliger Miene hielt er zuerst die Antwort zurück und informierte mich schließlich: Zimmer 207.

Einen Moment lang erwog ich, ihn zu fragen, ob sie allein angereist sei, aber das wäre demütigend gewesen. Aus der Telefonzelle im Foyer rief ich sie an. Uns trennten zwei Stockwerke; sie hörte sich an, als befänden wir uns in verschiedenen Hemisphären.

»Ana?«
»Wer ist da?«
»Miguel.«

Nach fünf Jahren muss man den Nachnamen hinzusetzen; nach zehn Jahren irgendeine gemeinsame Erinnerung oder besondere Kennzeichen. Noch waren die zehn Jahre nicht vorbei.

»Komm rauf«, sagte sie, als hätten wir uns erst am Vorabend verabschiedet.

Ich lief die Treppe hinauf und kam keuchend oben an. Sie erwartete mich in der offenen Tür, mit gelbem Kostüm und nassen Haaren.

Ich umarmte sie. Es gibt eine Empfindung, die man *déjà vu* nennt; es gibt eine andere, weniger häufig oder verborgener, die man *jamais vu* nennt: spüren, dass etwas Alltägliches neu ist, dass man dieses Erlebnis nie zuvor gehabt hat. Beide vermischten sich in diesem Moment.

Sie fasste nach meiner linken Hand.

»Du hast geheiratet.«

»Vor fünf Jahren.«

»Kenne ich sie?«

»Nein. Sie heißt Elena.«

»Wo hast du sie kennen gelernt?«

»In einem Verlag. Die hatten ihr aufgetragen, mich jeden Tag anzurufen, um eine Übersetzung einzutreiben, die ich abzuliefern hatte. Jeden Morgen um neun hat sie mich durch den Anruf geweckt. Im Verlag hat man an mich geglaubt, aber Elena, die neu war, hat angenommen, dass die Übersetzung nicht existiert, dass ich lüge, dass ich noch keine Zeile geschrieben habe. Das hat zwischen uns eine Spannung aufgebaut, die in die Heirat mündete.«

Ana erzählte mir, sie sei mit einem kanadischen Ingenieur verheiratet gewesen, in den letzten Jahren sechsmal umgezogen, suche einen Ort, an dem sie bleiben könne, wisse aber noch nicht, wo.

»Manchmal gehe ich durch die Straßen einer beliebigen Stadt und stelle mir vor, dass ich ein Fenster sehe und hinter dem Fenster ein Zimmer, und etwas sagt mir: Das ist der Ort. Er hat nichts Besonderes, aber er gibt mir aus der Ferne ein Zeichen.«

Sie hatte ihren Koffer auf dem Bett ausgepackt, um die Wäsche in die Fächer des Kleiderschranks zu legen. Nicht einmal Ana konnte sich freimachen von dem weiblichen Zwang, einem Hotelzimmer den Anschein von Zuhause geben zu wollen.

»Ich wusste nicht, dass du kommen würdest«, sagte sie. »Ich war kurz davor, die Reise abzusagen. Mit der Zeit habe ich von beinahe allen indirekt etwas gehört. Außer von dir. Du bist der Unsichtbare.«

Sie fragte mich, was ich in den letzten Jahren gemacht hätte. Ich erwähnte Umzüge, Arbeiten, das eine oder andere Detail aus meiner Ehe. Aber die echte Konversation wollte sich zwischen uns nicht einstellen, weder die Komplizenschaft jener, die sich seit vielen Jahren gut kennen, noch die andere Komplizenschaft, die Gelassenheit zwischen zwei Unbekannten. Mit zunehmendem Unbehagen reihten wir Wörter aneinander. Ich wollte ihr viele Dinge sagen und sagte keines davon. Ana ging ins Bad und schaltete den Föhn an. Sie sagte etwas; der Lärm überdeckte ihre und meine Wörter und rettete uns aus diesem sinnlosen Gespräch.

»Ich warte unten auf dich«, rief ich, und sie nickte. Ich hatte noch kaum das Zimmer verlassen, als sie den Föhn ausschaltete.

In der Bar setzte ich mich an den Tisch von zwei uruguayischen Übersetzern. Dem älteren, Vázquez, war ich in irgendeinem Verlag begegnet, den anderen, jung und unnötig förmlich gekleidet, kannte ich nicht. Vázquez hatte Kriminalromane für die Reihen *Spuren* und *Kobalt* übersetzt. Der andere lauschte ihm mit der Verehrung, die jene hervorrufen, welche die immer wirre Vergangenheit in einer Hand voll klarer Anekdoten einzufangen verstehen.

»Ich habe dem Kollegen gerade erzählt, dass ich einmal das Original einer kleinen Gangstergeschichte verloren hatte, *Eine Eidechse in der Nacht*. Ich hatte sie auf einer Bank an der Pferderennbahn liegen lassen. Ob Sie mir wohl glauben, wenn ich Ihnen sage, dass ich da nie gewettet, sondern nur die Pferde angesehen habe?« Der Jüngere, Islas, lächelte. »Ich rufe den Verleger an, der mir sagt, dass er kein zweites Exemplar hat und in zwei Tagen die Übersetzung braucht. ›Was ist auf dem Umschlag?‹, frage ich. ›Ein Maskierter erdolcht eine Rothaarige. Der Dolchgriff ist geformt wie eine Eidechse.‹ Steht auf dem Buchrücken, wo das Ganze spielt? ›In New York.‹ Die ganze Nacht lang habe ich das verlorene Original übersetzt. Die Eidechse war gar nicht schlecht; es gab drei Auflagen.«

Er erzählte noch einige weitere Anekdoten – Arbeiten für illegale Verlage, Schwindeleien beim Ankauf der Rechte von ausländischen Autoren, Fehler des Übersetzers, die man später für geniale Einfälle des Autors hielt –, aber obwohl ich hin und wieder nickte und lächelte, konnte ich mich nicht auf das konzentrieren, was er sagte. Wenn man an einer Frau hängt, ist einem der Rest der Welt gleich.

»Was ist los, De Blast, warum siehst du so besorgt aus? Wir sind hergekommen, um uns zu entspannen, nicht um zu leiden.«

»Kopfschmerzen«, log ich.

»Das ist die Neurose des Übersetzers. Neunzig Prozent von uns haben Kopfschmerzen.« Er wandte sich an den anderen. »De Blast ist Übersetzer aus dem Russischen. Und auch aus dem Französischen, aber das ist kein besonderes Verdienst: Mit Französisch-Übersetzern kann man die Straßen pflastern.«

»Und wie ist er darauf gekommen, Russisch zu lernen?«, sagte Islas.

Vázquez tat so, als ob er ihm ein Geheimnis anvertraute.

»Als er fünfzehn war, hat er angefangen, von Buchseiten zu träumen, die in einer unbekannten Sprache bedruckt waren. Danach hatte er festgestellt, dass das kyrillische Buchstaben waren, und er hat angefangen, Russisch zu lernen. Er hat aber nie erfahren, was auf den Seiten stand, weil er aufgehört hat zu träumen.«

Islas lächelte unbehaglich; er wusste nicht, ob er ihm glauben sollte oder nicht.

»De Blast ist ein seriöser Übersetzer; er schließt sich in seinem Haus ein und hat immer den Computer laufen. Er ist nicht wie ich; ich übersetze ja in Bars, vor einem großen Schnapsglas. Früher habe ich die Schreibmaschine mit in eine Bar in der Nähe meines Hauses genommen, im Zentrum, und da stundenlang an einem Tisch gesessen. Der Wirt hat sich über den Lärm beschwert, konnte sich aber nicht dazu aufraffen, mich rauszuwerfen, weil ich längst eine lokale Kuriosität war, so was wie ein lebendes Bild. Eines Tages fällt mir auf, dass die Leute um mich her sich seltsam verhalten, wie Statisten, die unbedingt mehr Kamerazeit haben wollen. Der Wirt hat zugegeben, er hätte seinen Kunden gesagt, ich wäre ein Romancier und dass ich alles aufschreibe, was um mich her geschieht. Und sie haben sich angestrengt, um mir Details zu liefern und mit üppigem Wortschatz zu sprechen, wie die Personen bei schlechten Schriftstellern.«

Kuhn näherte sich und nahm mich beiseite.

»Du musst mich retten. Naum hat ein Problem mit dem Flug und kommt erst morgen. Ich habe keinen, der heute sprechen könnte.«

»Und Valner?«

»Der sitzt in einem Ausschuss fest. Außerdem mag ich nicht mit ihm den Kongress eröffnen.«

»Ich bin aber nicht vorbereitet; ich schiebe immer alles bis zum letzten Moment auf. Und die anderen?«

»Die kenne ich doch kaum. Wir dagegen sind Freunde. Dich kann ich um so einen Gefallen bitten.«

Das Gesicht von Kuhn, droben in der Höhe, rief bei mir Mitleid hervor. Ich akzeptierte, verantwortungslos. Ich ging auf mein Zimmer, um das Schulheft herauszusuchen, in dem ich ein paar Notizen gemacht hatte, die mir nun unverständlich erschienen. Da gab es Namen, halb geschriebene Wörter, Kritzeleien. Ich wusste, im Moment des Sprechens würde all das einen Teil seiner Bedeutung wiedererlangen; wenn die Angst uns nicht ganz verstummen lässt, ist sie ein guter Souffleur.

6

An meiner Zimmertür wartete Kuhn auf mich, als ob er Angst hätte, ich könnte ihm entwischen.

»Fertig?« Misstrauisch beäugte er meine verschmierten Papiere. »Wie lange ist das?«

»Weiß ich nicht.«

»Stoppst du nie deine Zeit?«

»Dabeisein ist alles.«

»Und wenn es zu kurz ist?«

»Dann frag ich, ob jemand eine Gitarre hat.«

Er eskortierte mich zu dem Salon des Hotels, in dem der Kongress eröffnet werden würde.

Der Architekt dieses abgebrochenen Monuments hatte drei Salons vorgesehen, für fünfzig, hundert und zweihundert Leute. Den kleinsten hatte er *Republik* genannt, den zweiten *Fürstentum* und den dritten *Imperium,* in einer aufsteigenden monarchischen Skala. Wir waren wenige, aber wir waren die Einzigen: Uns umgab die Leere des *Imperium*-Salons.

Der Tisch war mit einem schwarzen Tuch bedeckt; dahinter stand eine Plastiktafel, zur Verfertigung von Diagrammen getreu dem verbreiteten Glauben, dass grafische Darstellungen die Dinge einfacher machen. An den Seitenwänden des Salons hingen Fotos des Dorfs zu Beginn des Jahrhunderts: öde Strände, ein Silo, eine Gruppe wie versteinert wirkender Indios, ein kleines Depot für den Umschlag von Salz aus Salina Negra.

Ich setzte mich in die erste Reihe, während Kuhn auf die Bühne stieg. Er eröffnete den Kongress mit einem Dank an die Eingeladenen, an das Hotel, an die Stiftung, die alles finanzierte. Er redete, als ob die ganze Welt an diesem

Kongress hinge, und solange man ihm lauschte, glaubte man es selbst.

Dann war ich an der Reihe. Als Einführung in die besonderen Probleme meiner Arbeit hatte ich eine der ersten Schriften von Kabliz ausgewählt, den Artikel »Das Echo der Übersetzung«. Wie viele seiner Schriften hatte der Text damals der Zensur unterlegen und war erst bekannt geworden, als man seine Archive exhumierte.

In den Fünfzigerjahren hatte Kabliz eine Simultandolmetscherin als Patientin gehabt. Ihr Problem begann, als sie mitten in einer Konferenz völlig den Faden dessen verlor, was ein französischer Diplomat sagte. Von diesem Moment an litt sie an dem Zwang, jedes Wort zu übersetzen, das sie hörte. Diese Stimme, die sie daran hinderte, nur in einer Sprache zu denken, nannte die Frau »das Echo«. Sogar wenn sie träumte, war jedes Wort von seinen Entsprechungen begleitet. Aber zugleich gab das Echo ihr mehrere Möglichkeiten, war nie einhellig, zwang sie, durch einen Nebel von Synonymen und Paraphrasen zu tappen und zu entscheiden. Auf der Suche nach einer Behandlungsmethode konsultierte Kabliz einen Ingenieur, der in einem Laboratorium der Universität Moskau an einer Übersetzungs-Maschine arbeitete; es war eine Art von primitivem Computer, der mit Röhren arbeitete und nur wortwörtlich zu übertragende Botschaften akzeptierte, eine modernisierte Version der Maschinen, die man im Krieg benutzt hatte, um Geheimbotschaften zu ver- und entschlüsseln. »Das Gehirn meiner Patientin ist eine außer Kontrolle geratene Übersetzungsmaschine«, sagte er ihm; »was kann man tun, damit es aufhört zu übersetzen? Wie würden Sie Ihre Maschine anhalten, ohne den Stecker herauszuziehen?« Der Ingenieur begrübelte das Problem eine

Woche lang. Danach rief er ihn an. »Ich würde meine Maschine davon überzeugen, dass es nur eine wahre Sprache gibt«, sagte er. »Und wie kann ich das machen?«, fragte Kabliz. Der Ingenieur antwortete: »Sie müssen in der Zeit reisen. Sie müssen das Subjekt in die Epoche zurückversetzen, in der die Dinge und die Wörter das Gleiche waren, als es nur eine einzige Möglichkeit gab, alles zu sagen, als der Turm von Babel noch nicht zerstört war.« Kabliz glaubte, den Rat des Ingenieurs zu verstehen; er verwendete regressive Drogen und Hypnose-Sitzungen, um die Frau in ihre Kindheit zu versetzen. Die Übersetzerin fand zurück zum Moment des einzigen Worts und der wahren Sprache. Das Echo verschwand.

Wir Übersetzer wussten alle, in größerem oder kleinerem Maße, was dieses Echo war; alle fürchteten wir, dass unsere Besessenheit es aufwecken und wir es nie wieder zum Schweigen bringen könnten.

Am Schluss hörte ich begeisterten Applaus. Ich gab mich keiner Täuschung hin: Sie waren dankbar für meine Kürze.

Weiter hinten hob sich eine Hand. An jedem Runden Tisch und bei jeder Konferenz, unabhängig vom Thema, gibt es einen bestimmten Menschen: jenen, der unter dem Vorwand, eine Frage zu stellen, seinen eigenen Vortrag hält. Diesmal fiel diese Rolle ganz zu Recht Valner zu.

Der begann mit der Frage an mich, ob ich wisse, dass die henochische Sprache, von Himmelsgeschöpfen John Dee übermittelt, von einem gewissen Grimes als Basissprache für eine Übersetzungsmaschine benutzt worden sei. Ich wollte eben antworten, dass ich nichts davon wüsste, aber er ließ mich nicht einmal dies sagen.

»Die Maschine übersetzte das Englische in die henochische Sprache und von da ins Französische. Die Maschine war zusammengesetzt aus Walzen mit Stiften, das gleiche System wie bei Spieluhren.«

»Eine Übersetzungsmaschine ist immer eine Art Spieluhr, und was sie produziert, ist Zwölftonmusik«, unterbrach ich ihn verdrossen.

Aber der alte Valner kümmerte sich nicht um meinen Witz und redete weiter. Ich hob die Stimme, um ihm vorzuschlagen, dass er meinen Platz einnehmen sollte, und verließ den Saal. Eine kleine Gruppe begleitete mich in stummer Solidarität. Es waren die Anonymen Schüchternen, nicht geneigt dazu, ihre abweichende Meinung verbal zu bekunden, aber gewöhnt an stille Repressalien.

Ich spürte die ersten Symptome meiner Kopfschmerzen: Meine Augen tränten, und das Licht war mir unangenehm. Ich ging auf mein Zimmer, um zwei Aspirin zu nehmen, die mir fast sofort einen sauren Magen bescherten. Ich hatte ein Buch über Kopfschmerzen übersetzt – *Das Gorgonen-Haupt* –, dessen Autor, Kabliz, nach der Analyse von einigen hundert Fällen zu dem Schluss gelangte, dass es keine allgemein gültige Behandlung gab: Kopfschmerzen beherrschten keine gemeinsame Sprache. Kabliz, das war leicht festzustellen, liebte den Kopfschmerz: Im Grunde hielt er ihn für ein Zeichen von Gesundheit, das Zeichen des Neurotikers in einer Welt, in der die Psychotiker immer mehr werden.

Durch die Spalten zwischen den Vorhängen drang ein unbedeutendes, aber unerträgliches Licht ein; ich steckte den Kopf unters Kissen und ließ den Schlummer sich mit dem Schmerz auseinander setzen.

7

Als ich erwachte, war mir übel, und ich hatte wacklige Knie. Ich hielt die Handgelenke unter den Kaltwasserhahn. Die Tätowierung des Kopfschmerzes – die Adern an den Schläfen – begann zu verschwinden. Ich beschloss, in die Welt der Lebenden zurückzukehren.

Im Foyer überfiel mich ein Mädchen mit fast kahl geschorenem Kopf. Drohend hielt sie Kugelschreiber und Spiralblock hoch.

»Ich arbeite für die Zeitung *El Día*. Ich muss jeden Tag der Konferenz zusammenfassen. Ich habe alles notiert, was Sie gesagt haben, aber da sind bei mir ein paar Lücken.«

Sie zeigte mir eine Seite voll mit einzelnen Sätzen und falsch geschriebenen Eigennamen. Ich stellte mir das Endergebnis vor, und kalter Schweiß rann mir den Rücken hinab.

»Ich weiß nicht, wie die Namen sich schreiben. Können wir die nacheinander durchgehen?«

Wir setzten uns an einen Tisch in der Bar. Nach wenigen Minuten waren wir fertig mit den Namen; mit ein wenig Eitelkeit wollte ich wissen, was sie verstanden hatte. Im Grunde war es gar nicht schlecht. Ich ergänzte zwei oder drei Sätze und fragte sie, was sie trinken wolle. Sie bat um einen Orangensaft.

Durch das Fenster sah ich auf die verlassene Küstenstraße; eine Frau schob einen Kinderwagen über den Boulevard.

»Ein Stillleben«, sagte ich. Momente des Schweigens führen mich immer in Versuchung, Gemeinplätze abzusondern.

»Das meinen alle, die von außerhalb kommen. Sie

schauen sich um, sehen das Meer, die Möwen und die See-Elefanten. Aber was wissen sie darüber, wie es in den Häusern aussieht? Wir halten den Rekord an Selbstmorden und Psychosen. Es heißt, das liegt am Syndrom der nicht aufgehängten Bilder.«

»Was hat es mit den Bildern auf sich?«

»Die Leute kommen und gehen wieder. Jedes Jahr suchen sie an einem anderen Ort eine Chance. Alle zwei oder drei Jahre erwacht der Hafen und schläft wieder ein. Die, die herkommen, hängen nichts an die Wände, weil sie immer schon wieder im Aufbruch sind.«

Ich fragte nach ihrem Namen: Ximena. Fast hätte ich ihr gesagt, dass die Mädchen in den Zwanzigern immer Roxana, Yanina, Ximena heißen. Namen mit x und y, um das Alphabet bis zum Ende auszunutzen.

Die Fenster bebten. Die Bäume – ein paar Lärchen mit wenig Laub – wuchsen schief, die Wipfel nach Nordosten geneigt.

»Andere geben dem Wind die Schuld. Er braust und braust, und am Ende hört man darin Wörter. Der Direktor des Museums hat gesagt, dass ihm die Böen Botschaften im Morsealphabet übermitteln. Er hat sie aufgenommen und sich dann im Stockwerk über dem Museum eingeschlossen, um sie zu entziffern.« Mit einem langen Zug trank sie ihren Orangensaft aus. »Wie heißt der Mann, der Sie unterbrochen hat? Ich muss mit ihm sprechen.«

Sie begab sich auf die Suche nach Valner. Dass sie den Tisch verließ, erfüllte mich mit einer gewissen Wehmut. Ein Tag mitten in einer Reise ist wie ein Leben *en miniature*: Begegnungen, Verluste, Abschiede. Im wirklichen Leben braucht man Jahre, um mit jemandem Freundschaft zu schließen; auf Reisen genügt ein Gespräch von wenigen Minuten.

Als ich gerade aufstehen wollte, erschien Ana. Sie trug eine riesige grüne Windjacke. Eifersüchtig sagte ich mir, dass sie ihn von irgendeinem Mann geerbt haben musste.

»Kennst du die Jacke noch? Ich hoffe, du willst sie nicht zurückhaben.«

Sie setzte sich und bestellte einen Kaffee.

»Du warst nervös, als du da vor Publikum geredet hast.«

»Hat man das gemerkt?«

»Du hast mit deinem Ehering gespielt.«

Ich wartete auf ein Lob, aber es kam nicht. Egal: Ich würde mich schon rächen, wenn sie an der Reihe war.

»Lass uns ein bisschen spazieren gehen«, sagte Ana. »Bevor Kuhn mit irgendeiner gesellschaftlichen oder sportlichen Aktivität ankommt.«

Ich holte meinen Cordmantel, der von meinem Vater stammte und über dreißig Jahre alt war. Ich brauchte schon lange eine neue Windjacke, konnte mich aber nicht entschließen. Ich habe nicht viel für Wechsel übrig; wenn ich neue Hemden geschenkt bekomme, liegen sie monatelang mit unberührten Stecknadeln im Kleiderschrank.

Wir gingen die Küste entlang, gegen den Wind. Ana wollte nicht auf die Algen treten.

»Ich habe sie nie gemocht. Wenn ich im Meer gebadet habe und von so was berührt wurde, fand ich das ekelhaft. Wie Spinnweben.«

Ich erinnerte sie daran, dass sie, als wir einmal zusammen schwimmen waren, von den Fäden einer Qualle gestreift worden war.

»Du hast mir geholfen, indem du mir das Bein mit einer Pflanze gerubbelt hast. Was war das noch mal?«

»Ich habe irgendeinen Namen erfunden. Du hast gesagt, ich sollte was unternehmen, und ich habe das Erste getan, was mir eingefallen ist, um dich zu beruhigen.«

»Nach all den Jahren kriege ich heraus, dass du mich gefoppt hast.«

Ich fragte sie, was sie in den letzten Jahren gemacht habe. Sie antwortete mit der menschlichen Wärme eines Curriculums: Universitäten, Stipendien, Veröffentlichungen ...

Ich legte ihr den Arm um die Schultern. Wenn sie nicht diese große Windjacke getragen hätte, die sie von der Welt trennte, wäre es eine Geste der Intimität gewesen.

»Ein Jammer«, sagte ich. »So viele Reisen, neue Häuser, neue Freunde ...«

»Was ist daran schlecht?«

»Deshalb haben wir uns getrennt.«

»Deshalb?«

»Einer ist gegangen, und einer ist geblieben. Dazwischen das Meer.«

»Dabei reise ich nicht einmal gern. Ich habe Angst vorm Fliegen. Ich hasse neue Orte. Aber ich erwache mit dem Gefühl, dass irgendwo anders etwas geschieht, und ich muss dorthin und dann woandershin und dann woanders.«

Die Erklärung kam für mich zehn Jahre zu spät. Es hatte keine Bedeutung; auch damals wäre es mir kein Trost gewesen.

Vor uns waren zwei Schatten. Es war nicht hell genug, um die Gesichter zu sehen. Der Leuchtturm schien Dunkelheit um sich zu verbreiten. Als wir näher kamen, erkannte ich einen Franzosen und eine Übersetzerin, die für eine Zeitung in Buenos Aires arbeitete. Sie standen zwei

Meter vor einem toten Seehund. Es war nicht der, den ich gesehen hatte: Er war größer und weiter entfernt vom Hotel. Ihre Mienen drückten Ekel aus, aber sie gaben ihren Beobachtungsposten nicht auf.

»Ich habe gehört, es hätte eine Epidemie gegeben«, sagte der Franzose, Schreber. Kuhn hatte mir von ihm erzählt; er befasste sich mit technischen Übersetzungsprogrammen.

»Weiter da drüben habe ich noch einen gesehen.«

»Sieht gar nicht wie ein Tier aus. Wirkt wie ein Felsen. Ein Felsen mit Inschriften.«

Ich betrachtete das graue Fell, gemasert von Linien, Knoten, Flecken, die unregelmäßige Zeichen zu bilden schienen.

Ana drängte sich so fest an mich, dass uns nur ein halber Meter Kleidung trennte. Ana ekelte sich vor toten Dingen im Dunkel, Algen, Krankenhäusern und Flugzeugen. Deshalb mied sie all diese Dinge, außer Flugzeugen.

Trotz des Seehunds, der vor meinen Füßen verweste, verspürte ich Hunger, vielleicht dank der Seeluft, der man ja immer ohne jeglichen Beweis die Fähigkeit zugesprochen hat, den Appetit anzuregen.

Ich schaute auf die Uhr.

»Viertel vor neun. Bald gibt es Abendessen.«

»Es ist kalt. Lass uns zum Hotel zurückgehen«, bat Ana.

Schreber warf einen Stein ins Wasser. Die Dunkelheit verschluckte ihn eher als das Meer. Wir entfernten uns von dem Franzosen und der Frau.

Der Leuchtturm war ausgeschaltet, es gab weder Straßenbeleuchtung noch Autos; das erhellte Hotel schien der einzige bewohnte Ort zu sein.

Bevor wir das Hotel erreichten, hielt ich Ana am Arm fest, näherte mein Gesicht und küsste sie. Sie nahm den

Kuss hin, aber danach sagte sie: »Das ist nichts. Es ist eine Postkarte, die einer jemandem schickt, der weit weg ist und weit weg bleiben wird.«

Jetzt ist nicht jetzt, dachte ich: Jetzt ist zehn Jahre früher. Es gibt eine Zeitmaschine, gemacht aus Sand, toten Algen, Windstößen. Es wird noch fünf Jahre dauern, bis ich Elena kennen lerne, zwischen den Bücherstapeln eines Verlags. Jetzt ist zehn Jahre früher, und es tut mir weh, Ana zu verlieren.

Sie führte mich zum Hotel, weil ich nirgendwo hinschaute. Die Zeitmaschine hatte mit ihrer langsamen Rückreise begonnen: Bald würde sie in der Gegenwart sein, an jenem Ort, wo die anderen nichts von einem wissen.

8

Wir wanderten schweigend. Ohne es zu bemerken, hatte ich meine Schritte beschleunigt und ließ Ana zurück.

»Warum sind da oben Leute?«, fragte sie mich.

Ich hob den Kopf und schaute zur dunklen Hälfte des Hotels. Im obersten Stock sah man Lichter, die sich bewegten.

Als wir ins Foyer traten, vermischten sich die Hinweise auf Anspannung, ohne Zeit für Fragen zu lassen: Der Chauffeur des Kleinbusses verließ das Hotel so jäh, dass er mich beinahe umgerannt hätte; eine Gruppe von Übersetzern umgab Ximena, der man irgendetwas zu trinken gab; der Concierge sprach nervös ins Telefon: »Club Senda? Ist der Kommissar da? Sagen Sie ihm, es ist dringend, er möchte ins Hotel del Faro kommen …«

Ich begegnete Islas, der abseits herumging, wie zu einer Feier geladen, auf der er niemanden kennt, und fragte ihn, was die ganze Aufregung sollte.

»Die Kleine von der Zeitung ist in Ohnmacht gefallen«, sagte er fast scheu, als ob er sich für unwürdig hielt, Auskünfte in einer völlig fremden Sache zu geben. »Da oben geht irgendwas vor.«

Ich fuhr mit dem Lift bis in den fünften Stock. Die Zimmer da oben waren nicht belegt; einige dienten als Lagerräume. Die Verbindungstür zum anderen Gebäudeteil war offen. Dahinter sah ich eine Gruppe von Leuten mit Taschenlampen. Alle standen still am Schwimmbecken. Da die Lampen abwärts gerichtet waren, konnte man die Gesichter kaum sehen. Ich erkannte lediglich Kuhn, einen Kopf größer als die anderen.

Wie der Boden bestand auch das Becken aus unverputztem Beton. Es war der Witterung ausgesetzt, denn darüber gab es nichts als ein Eisengerüst, dem noch die Verglasung fehlte. Regen hatte den tiefsten Teil des Beckens mit Wasser gefüllt. Die Lichtbündel der Lampen verweilten einen Moment am Boden und irrten dann über das unverglaste Dach. Mit dem Gesicht nach unten, in fünf Zentimeter tiefem Wasser, lag ein Körper, bekleidet mit einer blauen Windjacke. Die rechte Hand war völlig überspült, aber an der linken waren die Ringe zu sehen: der Mund, das Auge, die Wespe und das Herz.

Teil II
Eine fremde Sprache

Muttersprache: Das gibt es nicht.
Wir werden mit einer unbekannten Sprache geboren.
Der Rest ist langsames Übersetzen.

   Ulises Drago, *Babel*

9

Im Erdgeschoss gab es mehrere Räume für die zahlreichen Angestellten, die das Hotel nie hatte unterbringen müssen. In eines dieser Zimmer – Nummer 77 – legte man Valners Leiche, auf eine in Nylon gewickelte Matratze ohne Laken. Es gelang mir, einen flüchtigen Blick in das enge Zimmer zu werfen: eine schwache Glühbirne, die es kaum beleuchtete, die nackten Wände, der für das schmale Bett zu große Körper mit einem hängenden Arm und das zu Boden tröpfelnde Wasser.

Der Manager des Hotels, Rauach, den ich bis dahin noch nicht gesehen hatte, erschien mit Sakko und Krawatte und einer Miene, in der sich der Wille, für Ordnung zu sorgen, mit Verzweiflung mischte. Mitten in der Nacht lief er durch das Hotel, gab Anweisungen und erklärte sich für unschuldig.

»Das Hotel übernimmt keinerlei Verantwortung. Die Gäste waren gewarnt hinsichtlich der Gefährlichkeit, in den anderen Teil hinüberzugehen.«

Zwei Polizisten kamen in einem Jeep. Einer war der Kommissar von Puerto Esfinge, Guimar, der andere ein dicker Sargento mit langsamen Bewegungen. Der Sargento musste als Fotograf herhalten, ehe sie die Leiche aus dem Wasser holten. Ich sah ihm zu; offensichtlich war er nicht an den Umgang mit Leichen gewöhnt. Er machte seine Fotos aus größtmöglicher Entfernung.

»Gehen Sie näher ran, Mann«, befahl Guimar leise. »Ich will die Leiche, nicht die Landschaft.«

Alle Kongressteilnehmer befanden sich in der Hotelbar, Zuschauer bei einem Drama, in dem andere – Rauach, der Kommissar, der Arzt, den man mitten in der Nacht geweckt hatte, damit er den Totenschein ausstellte – die Protagonisten waren. Im Bewusstsein ihrer Rolle redeten sie zu laut, dabei aber auch so vertraulich wie möglich, mit halben Sätzen und Andeutungen. Wir beobachteten ihre Schritte und versuchten, diese Bruchstücke zusammenhangloser Informationen zu deuten.

»Ich brauche eine Liste mit den Namen und Anschriften der Gäste«, sagte der Kommissar zum Concierge. »Wer hat die Leiche gefunden?«

Ximena döste in einem der Sessel des Foyers. Man hatte sie mit Cognac belebt, damit sie sich von dem Schrecken erholte, aber die Dosis war zu groß gewesen.

Ana weckte sie, indem sie sie zuerst behutsam, dann mit Gewalt schüttelte. Ximena sah den Kommissar an und begrüßte ihn wie einen alten Bekannten. Er erkundigte sich nach ihrem Onkel, ihrer Mutter, irgendwelchen anderen Verwandten und dann, als er mit der Familie fertig war, nach dem Toten.

»Ich hatte Valner überall gesucht.«

»Warum hast du ihn gesucht?«

»Ich sollte über den Kongress berichten. Der Concierge hat gesagt, er hätte ihn die Treppe hinaufgehen sehen. Ich habe an seine Tür geklopft, aber da war niemand. Dann habe ich Schritte auf der Treppe gehört, nachgeschaut und im Treppenhaus einen Mann gesehen, der nach oben ging. Ich dachte, es wäre Valner, wegen der blauen Windjacke. Ich bin in die fünfte Etage.«

»Da gibt es keine Gäste. Nur bis zur dritten«, unterbrach Rauach.

Der Kommissar musterte ihn gereizt.

»Ich bin hochgegangen, bis ins oberste Stockwerk. Ich habe die Korridore abgesucht, konnte ihn aber nicht finden. Ein Geräusch hat mich abgelenkt, ein schlagender Fensterflügel. Dann habe ich seine Stimme gehört und angenommen, dass er mich gesehen hat und mich ruft. Die Stimme kam von oben.«

»In welcher Sprache?«

»Weder Englisch noch Französisch, noch sonst eine Sprache, die ich identifizieren könnte.«

»War noch eine andere Stimme zu hören?«

»Nein. Ich bin seiner Stimme nachgegangen und habe die Tür offen gefunden, die zum kaputten Teil des Hotels führt.«

»Der ist nicht kaputt«, sagte Rauach. »Er ist noch nicht fertig.«

»Ich bin bis zur Terrasse gegangen. Noch ehe ich da war, habe ich den Aufschlag des Körpers gehört. Ich bin über die Terrasse gerannt, habe mich durch die Dachstäbe vorgebeugt und Valner unten gesehen.«

»Hast du ihn nicht schreien hören, als er gefallen ist?«

»Ich habe nichts gehört.«

»War sonst keiner auf der Terrasse?«

Das Mädchen schüttelte nervös den Kopf.

Kuhn näherte sich der Gruppe.

»Herr Kommissar, damit das ganz klar ist, keiner hier war mit Valner verfeindet. Ich möchte nicht, dass meine Gäste als Verdächtige in einem Verbrechen behandelt werden.«

»Vor Montag kriegen wir keinen Richter. Bis der die Erlaubnis erteilt, darf niemand Puerto Esfinge verlassen.«

»Nicht einmal die Ausländer?«

»Vor allem nicht die Ausländer.« Der Kommissar näherte sich Kuhn. »Valner hat eine Sprache verwendet, die das Mädchen nicht kannte. Mit wem kann er gesprochen haben? Gibt es hier vielleicht einen Deutschen, einen Russen …?«

»Nein; eine Italienerin, zwei Franzosen, einen Nordamerikaner … Aber alle sprechen Spanisch. Wahrscheinlich hat Valner mit sich selbst geredet.«

»In einer fremden Sprache?«

Kuhn erzählte ihm von Valners Obsession, von der henochischen Sprache. Er begann gerade zu erklären, worum es sich handelte, aber der Kommissar unterbrach ihn.

»Hat er bei seinem Vortrag irgendwas in dieser Sprache gesagt?«

»Die Formel, um unsichtbar zu werden, und eine andere, um zu schweben.«

»Und? Hat er geschwebt?«, fragte der Kommissar. »Oder ist er unsichtbar geworden?«

»Ich gebe Ihnen gern einen Mitschnitt des Vortrags«, sagte Kuhn beleidigt.

»Damit wird sich der Richter beschäftigen müssen. Vielleicht könnte das Mädchen feststellen, ob das die Sprache ist, die Valner gesprochen hat, bevor er gesprungen ist. Möglicherweise haben ihm seine Engel gesagt, er soll ins Leere springen. Voriges Jahr, Anfang Winter, hat der Besitzer eines kleinen Hotels in Hafennähe seine Frau mit einem Hammer umgebracht, den er gerade gekauft hatte. Er sagte, das hätte ihm eine Stimme befohlen, aus dem offenen Kamin. Was mich am meisten verblüffte, war, dass er jede Menge Werkzeug im Haus hatte, vor allem etliche Hämmer, aber die Stimme hatte ihm befohlen, den größten und teuersten Hammer zu kaufen, den er kriegen konnte.«

Guimar zog seinen Mantel an.

»Gehen Sie, Kommissar?«

»Haben Sie es eilig? Wollen Sie, dass ich gehe, Rauach? Zuerst sehe ich mir mal den fünften Stock an.«

»Ich gehe jetzt aber, Herr Kommissar«, sagte der Arzt.

»Was geben Sie als Todesursache an?«

»Er ist an dem Sturz gestorben. Es gibt keine Anzeichen dafür, dass er vorher verletzt oder gestoßen wurde.«

»Wenn sich einer von seinen Verwandten meldet, was soll ich dann sagen?«, fragte Kuhn.

»Man wird in der Stadt eine Autopsie vornehmen, und sicher dauert es ein paar Tage, bis die Leiche freigegeben wird«, erwiderte Guimar. »Das liegt nicht in meiner Hand.«

Um zwei Uhr morgens gingen Guimar und der andere Beamte, und wir versammelten uns zu einer leichten Mahlzeit. Wir versuchten so zu tun, als habe uns Valners Tod den Appetit geraubt. Zuerst pickten wir an den kalten Vorspeisen herum, mit kleinen, zerstreuten Bissen, aber am Ende aßen wir alles auf.

Vor dem Dessert erhob sich Kuhn.

»Obwohl dieser Unfall uns alle bedrückt, schlage ich vor, dass wir mit dem Kongress so weitermachen wie vorgesehen. Da wir spät ins Bett kommen, können wir ja um zehn anfangen statt um neun.«

Vázquez hatte sich neben mich gesetzt. Er kannte Valner schon sehr lange. Im Tonfall einer melancholischen *hommage* begann er von einem Esperanto-Vortrag zu berichten, den Valner in den Sechzigerjahren gehalten hatte. Eine Anekdote brachte ihn zur nächsten, der melancholische Tonfall schwand, und eine halbe Stunde später prusteten wir alle vor Lachen und bestellten mehr Wein.

Kuhn fühlte sich unbehaglich und bat um ein wenig Respekt. Vázquez, torkelnd und leicht beschämt, entfernte sich in Richtung auf sein Zimmer. Ana nahm seinen Platz ein. Sie füllte unsere beiden Gläser mit dem restlichen Weißwein.

»Herzlichen Glückwunsch zum Geburtstag«, sagte sie, wobei sie diskret mit mir anstieß. »Zwölf Uhr ist schon lange vorbei.«

»Hatte ich ganz vergessen.«

»Was war das Erste, was ich dir je geschenkt habe?«

»Weiß ich nicht mehr.«

»Ein Malkasten, den du nie benutzt hast. Und das Letzte?«

Das wusste ich durchaus noch. Ein Füller, mit dem ich ihr etliche Briefe schrieb, die sie nicht beantwortet hatte.

»Das weiß ich auch nicht mehr.«

Ich begleitete sie bis zur Tür ihres Zimmers. Beim Abschied legte sie einen Moment den Kopf an meinen Hals, als ob sie eingeschlafen sei. Ich schloss ein paar Sekunden lang die Augen, und als ich sie öffnete, war sie nicht mehr da.

10

Das Telefon weckte mich. Ich nahm den Hörer ab und hörte die ersten Töne von *Zum Geburtstag viel Glück*, unterlegt von Rauschen. Ich war so verschlafen, dass es ein paar Sekunden dauerte, bis ich Elena erkannte.

»Hast du ein Geschenk für mich gekauft?«

»Noch nicht. Ich nutze es aus, dass du nicht da bist. Musst du heute deinen Vortrag halten?«

»Ich war schon dran.«

»Und wie ist es gelaufen?«

»Ganz gut, glaube ich. Ich habe dir aber noch was anderes zu erzählen.«

Es ist mir immer schwer gefallen, am Telefon zu reden, weil ich nie weiß, was ich sagen soll. Selbst wenn es ein Gesprächsthema gibt, werde ich wortkarg; als ich von Valners Sturz erzählte, machten meine Sätze im Telegrammstil die Vorgänge noch düsterer; wenn ich über Dinge berichte – das hat man mir oft genug gesagt –, errichte ich Mauern um das, was ich beschreibe, und gebe allem eine Atmosphäre von Eingesperrtsein. Elena bat mich erschrocken, sofort heimzukommen; meine nächtlichen Wanderungen durch das Haus seien ihr lieber als Berichte über seltsame Vorgänge aus der Ferne.

»Ich kann jetzt nicht zurückkommen«, erklärte ich. »Die werden uns hier festhalten, bis alles geklärt ist.«

Sie fragte mich nach den anderen Teilnehmern. Tatsächlich wollte sie wissen, ob junge Frauen dabei wären. Ich gab ihr eine Liste der Gäste, und ich glaube, ich vergaß keinen, außer Ana.

»Und Naum?«

»Es heißt, er kommt morgen.«

»In der Zeitung stand, nach seiner Rückkehr wird er in Buenos Aires einen Vortrag halten, vor der Heimreise nach Paris.«

Ich sagte nichts.

»Ruf mich morgen an«, bat sie. Sie sagte, sie vermisse mich, und wenn auch erst ein Tag vergangen sei, komme es ihr doch länger vor. Ich sagte, ich vermisse sie auch, und auch für mich sei mehr Zeit verstrichen.

»Pass mal auf, was in der Zeitung steht«, sagte ich. »Valner hatte ja seine Jünger. Bestimmt machen die aus seinem Tod eine Verschwörung, deren Ziel es ist, eine Basis von Extraterrestriern geheim zu halten.«

Als ich zum Frühstück hinunterging, begegnete ich zwei Leuten vom Leichenschauhaus der Stadt, die Valners Leiche auf einer Bahre trugen. Eine undurchsichtige schwarze Plane bedeckte ihn. Die Begegnung bekümmerte mich; ich aß nur ein Croissant.

Die Bar war belebt; Valners Tod lag ja schon lange zurück. Die Mitreisenden redeten über die Tische hinweg miteinander, einige schienen begeistert ob der Hypothese eines Mordes. Mir gegenüber setzte sich einer der Franzosen, Schreber, der begann, mir die Versuche auseinander zu setzen, die er mit einer Gruppe Anthropologen angestellt hatte, um ein Eingeborenenidiom – ich weiß nicht mehr welches – als innere Bezugssprache eines Übersetzungsprogramms zu nutzen. Einige primitive Sprachen haben eine logische Struktur ähnlich jener der künstlichen Sprachen, sagte Schreber. Die Zivilisation dagegen brauchte schon immer eine irrationale Sprache, um sich auszudrücken. Der Franzose begriff nichts: Das Thema des Tages war ein anderes. Ich verdrückte mich aus seiner Gesellschaft, auf der Suche nach Gerüchten.

Aus den Lautsprechern klang eine leblose Musik; dann hörte man die Stimme eines Sprechers. In der Bar wurde es still: Dieser Mann, der in der Provinzhauptstadt saß, fragte sich: »Ob wohl unter den Übersetzern ein Mörder sein kann? Es heißt, es handle sich um einen Unfall oder einen Selbstmord, aber mit wem hat der Tote in der Nacht des Verbrechens geredet? Zur Erinnerung an Professor Valner senden wir jetzt einen Ausschnitt aus dem Vortrag, den er voriges Jahr in unserer Stadt hielt, über die Extraterrestrierstadt Erks.«

In einem vernünftigen Tonfall begann Valners Stimme darzulegen, es gebe eine Stadt unter einem Berg, und die Regierung verheimliche diese Tatsache. Ministerwechsel, parteiinterner Zwist, politische Konflikte, all dies seien lediglich Rauchvorhänge, imaginäre Konstrukte, um uns von der Wahrheit fern zu halten. Er behauptete, er habe den Boden mit einem von ihm erfundenen Apparat abgelauscht – er nannte ihn *Erkoskop* – und unter der Erde Stimmen gehört, die in einer Sprache redeten, welche wie eine auf gläsernen Instrumenten gespielte Musik klang.

Ich fand Kuhn draußen, allein; er betrachtete das Meer. Gewöhnlich neigte er nicht zur Melancholie.

»Ich habe den ganzen Morgen herumtelefoniert, um Valners Verwandtschaft aufzutreiben. Ich bin nur bis zu ein paar Nachbarn vorgedrungen, die versuchen werden, eine Kusine zu benachrichtigen; keine Ahnung, wo die wohnt.«

»Und keine von diesen Gruppen, denen er angehört hat, kann dir helfen?«

»Er hatte mit allen Krach. Sobald er eine Gruppe gegründet und organisiert hatte, fing er immer an, eine Spaltung zu provozieren.« Kuhn setzte sich auf die Eingangstreppe. »Ich habe diesen Kongress zwei Jahre lang vorbereitet. Du weißt ja nicht, wie viele Telefonate, Faxe, Briefe ... Jetzt denkt niemand mehr an den Kongress. Alle wollen nur noch weg.«

Ich überlegte, ob ich ihm etwas Heiteres sagen könnte, um ihn aufzumuntern.

»Wenn Leute von Kongressen zurückkommen, haben sie nie etwas zu erzählen, außer irgendeine heimliche Romanze. Diesmal werden alle mit einer guten Anekdote heimreisen. Das ganze Jahr lang werden sich alle an den Kongress von Julio Kuhn erinnern.«

Er lächelte lustlos und zog seine Taschenuhr hervor.

»Ich gehe mal in den Saal. Ich will sehen, ob das Mikrofon funktioniert.«

»Wen müssen wir über uns ergehen lassen?«

»Ana.«

Kein Vortrag beginnt je pünktlich, deshalb trödelte ich in der Bar herum und betrachtete die Leute, die hereinkamen. Dazu gehörte auch der Kommissar. Er kam an meinen Tisch.

»Die Leute interessieren sich sehr für den heutigen Vortrag«, sagte er.

»Haben Sie irgendetwas entdeckt?«

»Ein Stückchen blauen Stoff, der im Dach hing, an einer der Eisenstreben. Der Concierge sagte mir, Valner hätte reichlich geschluckt. Möglicherweise war es kein Selbstmord, sondern ein Unfall.«

»Valner hat Alkohol nichts ausgemacht. Die einzige Wirkung war ein bisschen mehr gesunder Menschenverstand.«

»Ich habe gehört, er hätte sich bei Ihrem Vortrag mit Ihnen gestritten.«

»Wir haben uns nicht gestritten; er hat mich unterbrochen, mehr nicht.«

»Haben Sie sich hinterher nicht gezankt?«

»Wollen Sie wissen, ob ich ihn geschubst habe? Zur fraglichen Zeit war ich woanders.«

»Wo?«

»Am Strand.«

»Allein?«

»Mit Ana Despina. Die hält gleich ihren Vortrag. Wenn Sie sie hören wollen …«

»Nein, danke. Ich schlafe immer so schnell ein. Nehmen Sie es mir nicht übel, aber Übersetzung ist kein Thema, das mich interessiert. Die einzige Übersetzung, mit der ich mich beschäftige, ist die, die ich bei den Besoffenen brauche, die ich auf der Straße eingeschlafen finde. Besoffene reden alle dieselbe Sprache; keiner versteht sie, aber untereinander verstehen sie sich. Wenn ich zu viel trinke, fange ich auch an, sie zu verstehen.«

11

Es waren viel mehr Leute anwesend als am Vortag. Alle Stühle waren besetzt. Das Publikum, von der Meldung herbeigelockt, musterte uns aufmerksam und eindringlich, studierte unsere Züge, um herauszufinden, wer das zum Verbrechen am besten passende Gesicht habe. Lombrosos Analyse ist zwar offiziell aus der Kriminologie verbannt, hat aber keineswegs alle Popularität eingebüßt.

Ana betrat mit einem nervösen Lächeln das Podium. Es schien unmöglich, das Publikum zum Schweigen zu bringen. Kuhn ging zu ihr, um sie zu beruhigen.

»Wenn ich sehe, dass die weitermurmeln, während du redest, unterbrechen wir ein paar Minuten und ziehen in einen anderen Saal um. Wir müssen ja nicht den Volkszirkus abgeben.«

Aber Kuhn wusste, dass wir der Volkszirkus waren, und machte zunächst einmal weiter. Er stieg aufs Podium, stellte Ana vor, ohne sich zu versprechen und ohne einen einzigen Blick auf den Zettel zu werfen, auf dem sie ihren Lebenslauf zusammengefasst hatte.

Ana war fünfunddreißig, wirkte aber aus der Ferne wie eine Zwanzigjährige. Das Publikum betrachtete sie beifällig: Dieses fleißige Mädchen hatte nichts mit dem Verbrechen zu tun.

Thema ihres Vortrags war das Buch *Meine Schwester und ich*, das angebliche postume Werk von Friedrich Nietzsche. Ana begann mit der Veröffentlichungsgeschichte des Buchs, erschienen 1950 in New York im Verlag Boar's Head Books. Dass das Buch länger als ein halbes Jahrhundert verloren gewesen sein sollte, hatten die Herausgeber folgendermaßen erklärt: Nietzsche habe das Manuskript kurz vor seinem Tod verfasst, während seines Aufenthalts im Hospital zu Jena, und habe es einem anderen Insassen übergeben, um es vor den Klauen seiner Schwester Elisabeth zu bewahren. Der Sohn dieses Mannes habe es einem Verleger verkauft, der es Oscar Baum zum Übersetzen gab. Als Baum Original und Übersetzung ablieferte, sei der Verlag eingestellt worden. Jahrelang habe das Buch vergessen in den dortigen Archiven gelegen, bis der Besitzer beschloss, das Geschäft wieder zu eröffnen. Zwanzig Jahre seien so vergangen, und allein der englische Text sei wieder aufgetaucht.

Die Nietzsche-Spezialisten hatten nie daran gezweifelt, dass es sich um einen Schwindel handelte; seltsam war nur, dass das Buch weit mehr war als ein *pasticcio* von Nietzsches früheren Werken, das jeder beliebige Fälscher so verfertigt haben würde. Wer auch immer es geschrieben hatte, besaß Talent und war behaust gewesen vom Geist des Autors. Aus dem Buch sprach auch ein überwältigender Wunsch nach Rache an Nietzsches Schwester, die ja nicht nur die Manuskripte des Philosophen entziffert und zusammengestellt, sondern sich auch bemüht hatte, sein Werk dem Gedankengut der Nazis anzunähern. Die meistverbreitete Hypothese lautete, der Autor sei George Plotkin gewesen, ein professioneller Fälscher; dieser habe nämlich kurz vor seinem Tod einem Spezialisten für deutsche Literatur seine Fälschung gestanden. »Die Urheberschaft an einem solchen Buch zu gestehen«, sagte Ana, »ist kein Geständnis eines Verbrechens, sondern Ruhmsucht. Dass die Nähe des Todes zur Wahrheitsliebe anrege, ist ein Aphorismus, den Nietzsche sich nicht erlaubt hätte.«

Ana, von der französischen Literaturkritik inspiriert, sprach einigermaßen wirr; die Fakten, die Informationen, waren in einem Phrasenmeer Klippen, die immer ein Geheimnis zu bergen schienen. Ana hatte sich vorgenommen, die nordamerikanische Ausgabe des Buchs philologisch zu untersuchen, um festzustellen, ob es dahinter ein deutsches Original geben konnte oder ob es gleich auf Englisch geschrieben worden sei. Ihre wichtigste Hypothese war diese: Die Sprache der Übersetzung, so flüssig sie auch sei, schleppt immer Sedimente der darunter liegenden Sprache mit sich. Diese Überbleibsel verhindern Vertrautheit und bewirken einen Effekt von Befremdung. Ihre eigenen Augenprobleme hatten sie zu optischen Metaphern verdammt: »In unserer Muttersprache verfasste Bücher lesen wir wie Kurzsichtige, indem wir sie zu nah an unseren Augen halten. Übersetzte Bücher dagegen halten wir weiter weg, damit sie deutlicher werden. Der Fokus ist ein wenig weiter entfernt.« Anas Schlussfolgerung war, dass es hinter der Ausgabe von 1950 ein deutsches Original gegeben habe, verfasst von Nietzsche oder einem Hochstapler; die Sprache einer Übersetzung – behauptete sie – sei nicht nachzuahmen.

Ximena kam zum Podium, um ein Foto zu machen, während die Leute applaudierten. Eigentlich hätten nun Fragen kommen sollen, aber das Publikum, ermüdet von langem Schweigen, unterhielt sich in höchster Lautstärke. Hier und da hob sich eine Hand, aber Ana zog es vor, von der Rednerbühne zu fliehen. Ich stand auf, um ihr entgegenzugehen; jemand rempelte mich an. Es war Rina Agri. Sie entschuldigte sich nicht und ging weg wie eine Schlafwandlerin.

Ich hatte mir vorgenommen, Ana nichts zu ihrem Vortrag zu sagen, konnte es aber doch nicht vermeiden und beglückwünschte sie.

»Schade, dass Naum nicht da war«, bedauerte sie, und noch mehr bedauerte ich, mich ihr genähert zu haben. Ich wollte hinausgehen, um meinen Ressentiments ein wenig frische Luft zu gönnen, aber Ana hielt mich zurück.

»Ich hätte fast den Faden verloren. Aus der zweiten Reihe hat Rina mich angeschaut und die Lippen bewegt; erst später ist mir klar geworden, dass sie Selbstgespräche führt«, sagte Ana.

»Sie hat mich angerempelt, ohne es zu bemerken.«

»Wahrscheinlich ist ihr nicht gut. Ich sehe mal nach ihr.« Ana eilte zum Ausgang.

In der letzten Reihe saß Ximena, ausgerüstet mit einem Block, einem Tonbandgerät und einer alten, schweren Kamera. Sie hörte eine Aufnahme ab, legte einen neuen Film in den Apparat ein und machte gleichzeitig Notizen.

»Ich dachte, nach dem Schrecken würdest du gehen«, sagte ich.

»Ich bin doch nicht verrückt. Ich muss über den Kongress berichten, für ›Allgemeines‹. Das ist viel besser. Die Kulturbeilage liest doch keiner. Die wird nur beibehalten, weil die Frau vom Herausgeber Gedichte schreibt.«

Sie zeigte mir ein Exemplar von *El Día*. Die Zeitung war spät genug erschienen, um noch die Meldung von Valners Tod zu bringen. Eine riesige Schlagzeile verkündete: »Unsere Reporterin fand die Leiche«.

»In Wirklichkeit habe ich die Meldung nicht verfasst, ich habe nur ein paar Fakten telefonisch weitergegeben. Zum Glück ist heute Samstag, und am Wochenende will niemand arbeiten. Sonst hätten die jetzt einen von der Redaktion hergeschickt.«

»Ob man noch lange über den Kongress reden wird?«

»Über den Kongress? Weiß ich nicht ... Aber über Valners Tod monatelang. So was passiert sonst immer woanders; endlich passiert hier auch mal was. Mein heutiger Beitrag wird ein Stimmungsbild sein, der Tag nach Valners Verschwinden. Das Getuschel auf den Gängen, die Reaktion des Publikums ...«

Sie gähnte.

»Ich weiß ja, dass das eine Freundin von Ihnen ist, aber diese Frau war ja so was von langweilig!«

»War ich gestern auch so langweilig?«

»Nein, kein Vergleich.«

»Eigentlich weiß Doktor Despina viel mehr als ich. Ich frage mich, ob sie auf den Fotos gut rauskommt.«

»Glaube ich nicht; sie hat kein gutes Profil.«

»Und du hast sie nicht von vorn aufgenommen?«

»Nein. Ich knipse lieber das Profil. Jetzt muss ich ein paar Fotos von der Stelle machen, wo Valner gestorben ist. Kommen Sie mit? Ich habe Angst, allein dahin zu gehen.«

Wir fuhren hinauf in die fünfte Etage. Die Tür war abgeschlossen und mit einem Klebestreifen versiegelt. Um in den anderen Teil zu gelangen, mussten wir hochsteigen auf die Terrasse.

Als wir zu dem Eisengerüst kamen, das mich ans Dach eines Treibhauses erinnerte, beugte ich mich über das Becken. Das war das letzte Bild, das Valner gesehen hatte, ehe er starb: ein rechteckiger Betonschacht, voll mit Regenwasser. Ein paar Sekunden lang spiegelte das Wasser uns. Im seitenverkehrten Bild sah ich Ximena ihre Kamera ausrichten.

»Machst du immer die Fotos?«

»Ja, ich mache alles, wie die Kriegsberichterstatter.«

»Und was meldest du so aus Puerto Esfinge?«

»An Sommerabenden? Touristen. Wenn ich eine Berühmtheit entdecke, mache ich ein Foto und stelle ein paar Fragen. Manchmal mache ich Unfälle oder kleinere Delikte ... Aber die drucken nicht viel von mir. Wenn was Wichtiges passiert, schicken die einen von der Zeitung her.«

Wir stiegen die Treppe zum halb fertigen Pool hinab. Ximena näherte sich dem Becken ganz langsam, als wäre Valners Leiche noch immer da. Ich blieb am Beckenrand stehen und sah unter Wasser eine Münze glitzern. Ich sprang hinunter in den niedrigen Nichtschwimmerteil, der trocken war, ging weiter, bis meine Schuhsohlen im Wasser waren, und bückte mich nach der Münze.

»Was gibt's?«, fragte Ximena.

»Eine Nickelmünze. Ein Peso. Anno neunundsechzig. Anfang der Siebziger wurden die aus dem Verkehr gezogen.«

Ximena interessierte sich nicht für die Münze. Sie fotografierte das Dach, den Treppenschacht, eine Katze, die den Sims entlangspazierte. Ich steckte die Münze in die Tasche. Sie war nur ganz leicht oxydiert. Sie konnte erst wenige Stunden im Wasser gelegen haben. Ich kratzte den Rost ab; darunter waren Zahnabdrücke.

Bei Valner hätte ich eine andere Art von Amulett erwartet – Steine mit magischen Kräften, einen mumifizierten Skorpion, Kristall, Runen –, nicht aber etwas so Harmloses, so ohne Bedeutung wie eine nicht mehr im Umlauf befindliche Münze.

12

Ich hatte gehofft, die Zeit könnte ungnädig zu Naum gewesen sein. Aber als er aus dem grauen Kleinbus stieg und dem Wind trotzte, der vergeblich versuchte, seine Frisur zu zerwühlen, bemerkte ich, dass er eine Aura von Autorität gewonnen hatte, die man in seiner Jugend kaum hätte ahnen können.

Ich ging ihm mit ausgestreckter Hand entgegen. Er begrüßte mich mit einer Umarmung und dem unvermeidlichen Gerede.

»Du hast dich überhaupt nicht verändert. Du trägst sogar immer noch denselben Cordmantel.«

Ich kümmere mich nie um Kleidung, und wenn, dann wird mir dank meiner Frau schnell klar, dass ich wieder einen Fehlgriff hinsichtlich Größe, Modell oder Farbe getan habe. Naum nicht. Seine Schuhe glänzten keineswegs mehr als nötig, und der Schnitt seiner Kleidung sprach auch nicht vom Hang zum Allerneuesten, sondern es war diese zur Gewohnheit verwandelte, sedimentierte Eleganz, jene unerzwungene Eleganz, die nicht bei einem nachmittäglichen Einkaufsbummel mit Kreditkarte zu erreichen ist.

Ich musste der überschwänglichen Begrüßung Anas beiwohnen. Sie tauschten Namen von Leuten aus, die dem einen oder der anderen Grüße ausrichten ließen; sie ähnelten Fürsten, die sich an verirrte Botengänger erinnern. Kuhn kam hinzu, um das offizielle Willkommen zu entbieten; er lächelte erleichtert, als brächte Naum die Lösung aller Probleme mit.

Wir ließen uns zum Mittagessen am Tisch nieder. Kuhn hatte Naum an den Kopf der Tafel gesetzt. Niemand sprach vom einzig möglichen Thema, als ob wir alle eine Höflichkeitsregel befolgten. Das Essen war ein wenig besser als an den vergangenen Tagen. Die Weinflaschen stammten nicht mehr aus unbekannten Bodegas.

»Der Chauffeur des Kleinbusses hat mir alles erzählt«, sagte Naum, sobald er sich gesetzt hatte. »Im Radio haben sie auch davon gesprochen.«

»Hast du Valner gekannt?«, fragte ich.

»Er hat mir mal geschrieben. Mein Buch über Linguistik und Alchimie hatte ihn interessiert. Persönlich getroffen haben wir uns nie.«

In Naums Karriere gab es zwei Momente, aus denen sich eine kleine Legende entwickelt hatte, an die die Umschlagtexte seiner Bücher geflissentlich erinnerten. Unmittelbar nach dem Examen war er mit einem Stipendium in die USA gereist, um beim Institut EMET zu arbeiten, wo er nach der Veröffentlichung eines Essays über Neurolinguistik zum Verbindungsmann zwischen Linguisten und Neurologen wurde. Bald nachdem er bei EMET einen Lehrstuhl erhalten hatte, gab er alles auf, um zunächst nach Italien, dann nach Frankreich zu reisen und die hermetischen Sprachen zu studieren. Der Direktor des Fachbereichs Linguistik bei EMET verurteilte den Jünger, der ihn verraten hatte: »Niemand«, sagte er, »soll je in meiner Anwesenheit seinen Namen nennen.« Zwei Jahre lang blieb Naum aus der akademischen Welt völlig verschwunden; er erstand wieder auf, als er in einem akademischen Verlag in Paris *Das Siegel des Hermes* veröffentlichte, einen linguistischen Essay über die Alchimie, gewidmet seinem alten Meister. Durch die zweihundert Seiten des Buchs brachte er es zu Ruhm und Ehre; eine Stiftung übergab ihm die Leitung eines Instituts für Linguistik, dessen Ziel es war, künstliche Sprachen und die Symbolsysteme der Magie und der Alchimie zu erforschen.

Am Tisch wurde von Naums Reise gesprochen, von Naums Publikationen, von den Verheißungen, die die Zukunft für Naum bereithielt. Ein altes Ressentiment diktiert mir diese Worte; ich weiß, dass kein anderer diese verführerische Kombination von Publikumserfolg und intellektuellem Prestige besaß, und ich weiß auch, dass sein Ansehen berechtigt war. In seinen Büchern gab sich Naum nicht damit ab, Wörter aneinander zu reihen, damit andere Stunden auf langwierige Entzifferung verwandten; am Fuß der Seite türmte er keine Zitate auf, die auf andere Zitate verwiesen; er suchte weder Deuter noch Verehrer, sondern jene verloren gegangene Gattung namens »der Leser«. Ich hatte bei der Lektüre seiner Werke auf den Gemeinplatz gewartet, den Fehler, aber es handelte sich um ein vollkommenes Erzeugnis aus fein verfugten Ideen, das lichtvoll über dunkle Themen sprach.

»Seit einiger Zeit heißt es, du arbeitest an einem Buch«, sagte Kuhn. »Aber in den Interviews sagst du nichts dazu.«

»Es sind die alten Themen. Keine Überraschung, kein Geheimnis.«

»Es ist schwierig, etwas zu verbergen, ohne dass alle anderen meinen, es handle sich um ein Geheimnis«, sagte ich. »Als ob man eine Truhe hätte, sie nicht öffnen will und sagte: ›Ich mache sie nicht auf, aber ich sage euch, sie ist leer.‹«

»Meine Truhe ist überhaupt nicht leer. Aber es sind nur alte Papiere darin.«

»Ich hatte gehofft, du würdest uns vorab etwas erzählen«, sagte Kuhn.

»Komm schon, Julio, da gibt's nichts zu enthüllen.«

»Nicht mal für mich?«, fragte Ana. »Wie lange kennen wir uns jetzt schon?«

»Wie könnte man der Bitte einer Frau widerstehen? Vielleicht erzähle ich dir nachher etwas, aber ich weiß, du wirst enttäuscht sein. Egal; wir Männer sind dazu verdammt, die Frauen zu enttäuschen.«

Beim Nachtisch gab Ana Rina ein Zeichen, näher zu kommen; aber die Italienerin grüßte sie von weitem mit einem angedeuteten Lächeln und blieb an ihrem Platz. Sie sprach mit niemandem.

»Ob ihr Valners Tod derart nahe geht?«

»Glaube ich nicht«, sagte Ana. »Sie hat ihn nicht gekannt. Warum wollte Rina sich nicht zu uns setzen? Was hast du ihr getan, Naum?«

Naum lachte.

»Ich hinke bei der Korrespondenz ein bisschen hinterher. Ich werde gleich mit ihr Frieden schließen.«

Kuhn kündigte einen Ausflug an. Naum entschuldigte sich; es sei eine lange Reise gewesen, und er ziehe es vor, die Unterlagen für seinen Vortrag aufzubereiten.

»Ich dachte, du würdest improvisieren, Naum. Wie in den alten Zeiten«, sagte ich.

»Improvisation ist immer eine Hochstapelei; und zwar die Hochstapelei, die die beste Vorbereitung erfordert. Ich bin für so etwas zu zerstreut. Ich habe lieber alles sauber notiert, damit ich beim Vortrag an etwas anderes denken kann.«

Er zeigte die Handflächen, als ob dort alles geschrieben stünde.

13

Mit Kuhn, Ana und vier oder fünf weiteren Übersetzern, an die ich mich nicht mehr erinnere, brach ich auf; wir wollten uns zuerst Salina Negra ansehen und dann die ebenfalls aufgegebenen Anlagen eines Kohlenbergwerks.

Auf der Fahrt stellten Kuhn und Ana Mutmaßungen über Naums nächstes Buch an.

»Er hat sich in Kliniken herumgetrieben und Leute mit Sprachstörungen gesucht«, sagte Ana. »In einem Krankenhaus hat er einen Spanier aufgetan, Ulises Drago, der seit Jahren an einem langen Gedicht über den Fall von Babel schrieb. Drago sprach eine unverständliche Sprache, die er selbst erfunden hatte, aber seine Visionen des Turms schrieb er auf Spanisch. Naum hat ein paar Artikel über Drago geschrieben und über die Beziehung zwischen seinem Gedicht und der Sprache, die er erfunden hatte. Ich glaube, das Buch, das er verheimlicht, ist eine Mischung aus Essay und Erzählung, in der Drago ihn durch die Ruinen des Turms von Babel führt.«

»Ob er darüber im heutigen Vortrag sprechen wird?«, fragte Kuhn. »Ich hatte ihn gebeten, mir das Thema vorab mitzuteilen, aber er sagte, er hätte sich noch nicht entschieden.«

»Er sagt immer, er hätte sich noch nicht entschieden«, sagte Ana brüsk. Irritiert hörte ich aus ihrer Stimme Intimität und, erleichtert, Groll.

Der Kleinbus hielt am Straßenrand, und wir gingen einen Kilometer weit, bis zu einer kurzen Steigung. Salina Negra war ein Tafelland, das wie die Hinterlassenschaft eines vorsintflutlichen Brands aussah. Ein paar Frachtwagons standen seit fast vierzig Jahren vergessen herum, zerfressen von Rost und den Winden. Schmutziges Salz vermischte sich mit den Knochen der Vögel, die im Winter in kleinen Schwärmen herkamen.

Ich hob einen Vogelschädel vom Boden auf und steckte ihn in die Tasche. Auf einem Bord in meinem Arbeitszimmer sammle ich Vogelknochen, die Elena mit Abscheu betrachtet. Wir fuhren zwanzig Kilometer weiter und kamen zu einem Kohlenbergwerk, das vor zwanzig Jahren den Betrieb eingestellt hatte. Der Führer, ein etwa sechzigjähriger Mann, empfing uns in der Kleidung eines Bergarbeiters der Jahrhundertwende, mit einem Helm mit Lampe über der Stirn, und lud uns ein, ihm eine schmale Metalltreppe hinab zu folgen.

Unten in den Tunnels fasste Ana nach meiner Hand. Ich stolperte und hätte sie fast mit zu Boden gezogen.

»Mir gefällt es hier unten überhaupt nicht. Warum bin ich bloß nicht im Hotel geblieben.«

»Du musst doch irgendein Foto mitbringen, um irgendetwas vorzeigen zu können. Oder willst du den ganzen Film für Naums Vortrag aufheben?«

Sie lachte.

»Bist du eifersüchtig? Ich sehe Naum nie.«

Sie nahm die Kamera, die an ihrem Hals gehangen hatte.

»Ich mache ein paar Fotos nur von dir, damit du dich nicht ignoriert fühlst. Nicht direkt in die Kamera sehen, sonst werden die Augen ganz rot.«

Sie ging einige Meter weit weg und löste den Blitz aus. Das Foto habe ich nie gesehen.

Der Führer beschrieb die Arbeit im Bergwerk: die langen Arbeitstage, das Leben in einem Dorf aus baufälligen Hütten, die Staublungen. Die Ausländer gaben Acht; ich habe mir angewöhnt, Führern nie zuzuhören. Ich verbrachte die Zeit, indem ich weiter mit Ana redete, bis der Mann uns im Kreis um sich versammelte und uns dadurch zum Schweigen zwang.

»Einmal ist ein Arzt gekommen und hat die Bergleute gefragt, was sie träumen. Und alle haben das Gleiche gesagt: Sie haben geträumt, dass sie versteinert würden, immer härter, bis sie Teil der Kohle sind; sie haben geträumt, ihre inneren Organe würden zu Stein. Die Mine hat sie verschluckt, und sie kommen nie wieder heraus aus der Schwärze. Und der Arzt hat ein kleines Buch verfasst mit dem Titel *Die fossilen Männer,* und er hat nie wieder etwas geschrieben oder erforscht. Ich bin seit langem ein fossiler Mensch. Ein großer Prozentsatz stirbt; aber ein kleiner Teil wird sehr stark dank der Kohle. Ich kann ganze Tage hier unten verbringen, im Dunkel; mehr Zeit als sonst jemand, und ohne durchzudrehen.«

Ana hatte es eilig, das Bergwerk zu verlassen. Der Führer verabschiedete sich unten von uns, die Hand als Schutzschirm über den Augen, um dem grellen Grau des Tages zu entgehen. Er bestand darauf, dass jeder von uns ein Stückchen Kohle zur Erinnerung mitnahm.

Der Chauffeur wollte wissen, was der Führer gesagt hatte. Kuhn erzählte es ihm und fragte ihn dann: »Ist er wirklich Bergmann gewesen?«

»Bergmann? Nein. Er war Arzt. Er ist zum Forschen hergekommen und dann für immer dageblieben. Seit Jahren behauptet er, er schreibt ein Buch, aber keiner hat je eine einzige Seite gesehen.«

Ein paar Minuten vor Puerto Esfinge hielten wir an; ein Auto war ins Schleudern geraten und stand neben der Straße. Es war ein alter grüner Rambler, verbeult und von

Rost angefressen. Einer der beiden Männer, die im Wagen gesessen hatten, ein dicker, riesiger Kerl mit Sakko und Krawatte, hockte niedergeschlagen auf der Kühlerhaube.

»Dieser verdammte Rollsplitt«, sagte er. »Der Wagen ist ein Sammlerstück, den habe ich seit neunzehnhundertsiebzig. Ich hoffe, es ist nichts Ernstes dran.«

Er strich liebkosend mit der Hand über die Kühlerhaube.

Der andere, ein schlanker Mann mit kurzem Haar und einer Jacke, die ihm drei Nummern zu groß war, stand ein paar Meter entfernt, starr und reglos, und schaute irgendwohin. Er sagte kein Wort.

»Sind Sie nicht Doktor Blanes?«, fragte Kuhn, als er aus dem Kleinbus stieg.

»Julio Kuhn?« Der Dicke reichte ihm die Hand. »Warum nehmen Sie nicht Miguel mit? Ich bleibe hier bei meinem Wagen, bis der Abschleppdienst kommt.«

Kuhn überredete den Arzt, in den Kleinbus zu steigen. Der andere Mann, der meinen Vornamen trug, akzeptierte alles gleichmütig, als ob er daran gewöhnt sei, hin- und hergeschoben zu werden. Im Kleinbus stellte Kuhn uns einander vor.

Als wir weiterfuhren, blickte Dr. Blanes zum verlassenen Wagen zurück, den eine Staubwolke und die zunehmende Entfernung verschluckten.

»Miguel ist Übersetzer«, sagte Dr. Blanes, als sein Wagen nicht mehr zu sehen war.

»Und was übersetzt er?«, fragte ich.

»Alles. Absolut alles.«

14

Ich hatte Naum vor fünfzehn Jahren kennen gelernt, in einem früher einmal bedeutenden Verlag, der in jener Zeit von den Überbleibseln seines früheren Ruhms lebte. Er lag im Zentrum, nahe von Tribunales; Naum und ich arbeiteten im gleichen Büro mit Wänden, von denen der Putz fiel, neben einem Fenster, das auf einen Lichtschacht ging.

Wir redigierten Fortsetzungslieferungen für Enzyklopädien und bestellte Bücher über Gärtnerei, die Zucht des Schäferhunds, Tipps für Inneneinrichtung oder zur Bewahrung des Appetits im Geschlechtsleben. Editorisches Prinzip unseres Arbeitgebers Señor Monza war die Skrupellosigkeit.

Aus zwei oder drei ausländischen Büchern, Vorläufern des Do-it-yourself-Handbuchs, bastelten wir ein neues Werk und signierten es mit einem heimischen Pseudonym.

Zur Belohnung für unsere schnelle Arbeit und unsere Mäßigung bei Forderungen nach Gehaltserhöhung veröffentlichte Señor Monza einen kleinen Essay von Naum; und von mir einen Band mit Erzählungen unter dem Titel *Die Namen der Nacht*. Thema der siebzig Seiten von Naum war die Theorie des Akrostichons, die Ferdinand de Saussure in seinen letzten Lebensjahren skizziert hatte. Später schämte Naum sich für dieses Buch und tilgte es aus der Liste seiner Publikationen.

In einer Kellerbar, die Naum ausgesucht hatte, stellte ich einer kleinen Gesellschaft das Buch *Saussures Initialen* vor – das ich nicht verstand. In einer anderen, lauten und unpersönlichen Bar präsentierte Naum *Die Namen der Nacht* – das er nicht gelesen hatte.

Nahezu von Anfang an hatte sich zwischen uns eine unsichtbare Rivalität ergeben, eine Musik, die aus der Ferne klang und die sonst niemand hörte, die uns beiden aber bewusst war. Ich ziehe die Annahme vor, dass er derjenige war, der diese Rivalität nährte; ich – weniger ehrgeizig, weniger fähig – beantwortete sie eher zerstreut.

Durch mich lernte er Ana kennen. Und ich weiß, im Ausland – wo die hingehen, die Stipendien erringen, die fliehen, die das Risiko auf sich nehmen, in einer fremden Stadt allein zu sein, um der fremden Stadt die Schuld an der dichten Einsamkeit zuschieben zu können, die sie umgibt – hat er Ana erobert.

Unsere Rivalität brauchte das – eine Frau –, um vollkommen zu sein. Die Romanze dauerte kaum zwei Monate. Das war mir gleich. Wir empfinden das Bedürfnis, jemanden zu hassen, den wir kennen, finden aber kein Motiv; im Lauf der Jahre ergibt sich irgendein Vorwand, den wir zu Anlass und Ursprung des alten Hasses erheben, des Hasses, der immer da war, von Anfang an.

Aber bis zu diesem Moment verdankte ich diesem Hass so viele Dinge. Unser Kampf war ein Anreiz, sich in der Welt einen Weg zu bahnen. Als ich Ana zum ersten Mal sah, dachte ich daran, was für ein Gesicht Naum machen würde, wenn ich mit ihr auftauchte. Er war zu der Zeit mit einer intelligenten, aber unerträglichen und hässlichen Soziologiestudentin liiert. Naums Neid war mir ein Schatz.

Im Alter von fünfundzwanzig Jahren ist Rivalität ein Training für die Zukunft; mit vierzig ist sie Ressentiment, Obsession und Schlaflosigkeit. Deshalb waren wir liebenswürdig zueinander und taten so, als habe es nie einen Wettstreit gegeben: Das Geräusch, das aus der Ferne kam, war fast nie zu hören. Außerdem – und ich weiß nicht, ob ich das deutlich genug gesagt habe – hatte ich auf keinem

Gebiet auch nur die geringste Chance gegenüber Naum, der zu siegen gewohnt und des Siegens überdrüssig war.

Als ich zum Schauplatz im *Republik*-Saal hinaufkam, waren keine Fremden mehr unter uns. Die Bewohner von Puerto Esfinge hatten sich an die Vorstellung gewöhnt, dass Valners Tod ein Unfall gewesen war, und ihr Interesse am Kongress war bereits erschöpft.

Naum war von Schweigen umgeben, während er ein Blatt Papier las. Er schien vergessen zu haben, dass er gleich einen Vortrag halten sollte. Kuhn, nervös, meinte, Naum warte darauf, von ihm vorgestellt zu werden, obwohl Naum ihn vorher gebeten hatte, nichts zu sagen. Kuhn stieg aufs Podium und fasste mit einer gewissen Plumpheit Naums Laufbahn zusammen. Trotz der Elogen – die dem Zeremoniell zufolge mit einem Lächeln falscher Bescheidenheit oder offenkundigem Unbehagen zu unterbrechen sind – las Naum weiter sein Papier, ohne den Blick zu heben, nicht einmal dann, als Kuhn endete und man den Applaus hörte, und es verging eine weitere Minute des Schweigens.

Einen Moment lang dachte ich, Naums Vortrag werde aus dieser Beklommenheit bestehen, aus dem Räuspern, dem Herumrutschen auf Sitzen, wie das Konzert irgendeines Avantgarde-Komponisten, von dem man mir erzählt hatte. Als sich das erste Gezappel gelegt hatte, begann Naum zu sprechen.

Nachdem er das Blatt so oft überflogen hatte, legte er es angewidert weg, als habe er auf dem von ihm selbst beschriebenen Papier die beleidigende Mitteilung eines anonymen Bearbeiters gelesen. Das Schweigen – sagte er zu Beginn – sei in allen Sprachen gleich; aber das sei eine Binsenweisheit. Alle, die im Lauf der Jahrhunderte die Regeln einer universalen Sprache gesucht hätten, seien überzeugt gewesen, Schweigen sei der Grundstein des neuen Systems, des absoluten Systems, aber es genüge, in diese Stadt mit ungenauen Umrissen einzudringen, die jede Sprache sei, um zu entdecken, dass die Formen des Schweigens unterschiedliche Bedeutungen hätten, dass sie sich manchmal mit einer unerträglichen Bedeutung auflüden und dass sie manchmal nichts seien. Die Toten schwiegen nicht auf die gleiche Weise wie die Lebenden.

Bald wurde offensichtlich, dass er Gedanken ohne gewollte Ordnung aneinander reihte; er dachte laut. »Wenn ich das, was ich darlegen will, zu gut vorbereite«, hatte er mir vor fünfzehn Jahren gesagt, als er seine ersten Vorlesungen an der Universität hielt, »sind die Wörter tot, wenn ich sie ausspreche.« Was Naum an diesem Abend des Kongresses sagte, war im Prinzip kein Vortrag über das Schweigen, sondern er bewahrte Schweigen mittels eines Vortrags. Sein eigentlicher Gedanke – das sollte mir später klar werden – war verschlüsselt. Seine gesamte Plauderei – diese Serie abschweifender Wörter ohne Mittelpunkt, die schwanden, sobald sie einen Begriff definieren zu wollen schienen – war eine lange verschlüsselte Botschaft. Der Naum, der schrieb, schien nichts mit dem gemein zu haben, der sprach. Was bei dem einen Präzision, war bei dem anderen Angst, an eine Idee gekettet zu werden. Der Redner war das Gespenst des Verfassers.

Er sprach vom Schweigen Bartlebys und seinem Motto »Ich täte es lieber nicht«. Er redete von den Zeichensprachen der Tauben, die nicht schriftlich niedergelegt werden können und im Raum erstehen; er redete von der technischen Sprache gewisser chinesischer Kalligrafen, der keine mündliche Version entsprach. Er redete von den Sirenen, die Odysseus mit einer Waffe versuchten, die mächtiger war als sein Gesang. Er sprach vom *Liber Motus,* einem alchimistischen Traktat eines gewissen Altus, bestehend aus fünfzehn Blättern ohne Text; in den komplexen Bildern sei das Wissen über die Arcana verschlüsselt. Er sprach von in den Wäldern der Enzyklopädien verschollenen Stämmen, die befanden, man solle wenig sprechen, weil Wörter die Welt vergeuden. Er sprach von den stummen Kriegsheimkehrern, Männern verschiedener Nationen, die das Gleiche beschlossen hätten, als handle es sich um eine Verschwörung, nämlich nichts zu sagen, nicht so zu tun, als sei das, was sie durchlebt hatten, erzählbar. Er sprach vom menschlichen Gehör, das die Stille nicht ertragen kann und, wenn es nichts hat, von dem es sich nähren könnte, sein eigenes Raunen zu erzeugen beginnt. Er sprach von gewissen Schamanen, die Jahre ohne zu sprechen verbringen, bis sie eines Tages das Wahre Wort finden, das keiner versteht. Er sprach von denen, die mit einem Geheimnis gestorben sind.

»Das wahre Problem für einen Übersetzer«, sagte er am Schluss, »ist nicht die Distanz zwischen den Sprachen oder zwischen den Welten, ist nicht Jargon oder Ungenauigkeit oder Musikalität; das wahre Problem ist das Schweigen einer Sprache – und ich werde mir nicht die Mühe geben, jene Trottel zu attackieren, die meinen, ein Text sei umso wertvoller, je zerbrechlicher und je weniger übersetzbar er ist, jene, die meinen, Bücher seien Objekte aus Kristall –, denn alles andere ist übersetzbar, nicht aber die Art, in der ein Werk schweigt; für dieses Schweigen«, sagte er, »gibt es keine mögliche Übersetzung.«

Naum hörte auf zu reden und verließ brüsk den Saal, ohne Fragen abzuwarten. Auf dem Rednertisch lag noch immer das Blatt, das er mit solcher Aufmerksamkeit bedacht hatte, um es danach beiseite zu schieben. Ich ging hin, um zu lesen, was er geschrieben hatte. Das Blatt war leer, außer einigen Punkten in grüner Tinte, die eine nicht zu entziffernde Konstellation bildeten.

15

Schon auf dem Korridor hörte ich das Klacken einer Schreibmaschine. Ich steckte den Kopf in den *Imperium*-Saal: Allein, auf dem Podium, saß Ximena und tippte mit zwei Fingern.

Ich setzte mich in die letzte Reihe. Es dauerte eine Minute, bis sie mich bemerkte. Sie sprach, ohne mich anzusehen, tat so, als ob sie die ganze Zeit gewusst hätte, dass ich da war.

»Wie schreibt man Immobilität?«
»Mit zwei m.«
»Sie müssen mich für eine Schwachsinnige halten. Aber manchmal kommen mir einfach ein paar Wörter abhanden.«

Sie fragte, ob ich auch schon mal Probleme mit der Orthografie hätte. Ich sagte, mein Problem sei nicht, dass ich Wörter vergäße, sondern mich allzu genau an sie erinnerte.

»Rauach hat mir die Maschine geliehen, unter der Bedingung, dass ich in meinen Artikeln nichts Schlechtes über das Hotel sage.«
»Machst du einen Kommentar zu Naums Vortrag?«
»Nein; das wird ein bisschen Lokalkolorit.«
»Lokalkolorit?«
»Die Stimmung nach dem Todesfall. Der Argwohn der Leute. Im Vorübergehen belauschte Gespräche. Wer sind die beiden Neuen?«
»Der große Dicke ist Dr. Blanes, ein Neurologe, arbeitet in der Provinzial-Klinik. Der andere ist sein Patient, Miguel. Blanes war als Mediziner sehr geachtet, bis er es sich angewöhnt hat, mit irgendwelchen Patienten in Fernsehprogrammen aufzutauchen. Er hat Shows aufgezogen, so

ähnlich wie Hypnotiseure, nur mit vorher nicht abzusehenden Ergebnissen.«

»Und was macht er auf diesem Kongress?«

»Vor zehn Jahren hat er ein Buch mit dem Titel *Neurologie und Übersetzung* veröffentlicht, eine Studie über die Folgen von Gehirnschäden für die Arbeit mit Fremdsprachen. Ich nehme an, Kuhn hat ihn deshalb eingeladen.«

Ximena schrieb alles in ihr Notizbuch; sie malte Kringel um Wörter und zog Pfeile zu den Rändern. Ich erzählte ihr, das Auto von Blanes sei von der Straße geschleudert, es handle sich um einen grünen Rambler, und dass wir den Arzt und seinen Patienten aufgelesen hätten. Wenn sie eine gute Journalistin war, würde sie die Details zu schätzen wissen. Danach setzte sie sich wieder an die Maschine. Während ich über den Korridor zu meinem Zimmer ging, hörte ich das langsame Tippen, das dem gleichen Takt folgte wie das Pochen in meinen Schläfen.

Ich zog die Schuhe aus und warf mich aufs Bett, um mich zu entspannen. Mein Kopf nahm Verbindung zu äußeren Phänomenen auf, zum näher kommenden Gewitter, zu unterseeischen Bewegungen, zur schlimmen Epidemie, die tote Tiere an der Küste hinterließ.

Ich zog ein Paar alter Tennisschuhe an, um einen Strandspaziergang zu machen. Im Foyer begegnete ich anderen Übersetzern, die mich aufforderten, mich zu ihnen zu setzen; ich sagte, ich ginge lieber spazieren. Ana sprach mit dem Mädchen, das ausländische Meldungen für eine Zeitung in Buenos Aires übersetzte. Ich nahm sie am Arm und zog sie nach draußen, ohne auf ihre Proteste zu achten.

Der Wind pfiff aus dem Südosten, kälter als zuvor. Es war vier Uhr nachmittags, aber der Himmel übergoss Puerto Esfinge mit Dunkelheit.

»Lass uns nicht weit weggehen«, sagte Ana. »In einer halben Stunde hält Blanes seinen Vortrag.«

Wir musterten die Auslagen der Geschäfte: T-Shirts mit Öko-Motiven, heimische Pfefferkuchen, Aschenbecher mit aufgemalten Pinguinen. Ich wollte etwas für Elena kaufen, zog es aber vor, damit zu warten, bis ich allein wäre.

Wir gingen am Städtischen Museum vorbei. Ein Blechschild verkündete, das Museum sei kurzzeitig wegen Renovierungsarbeiten geschlossen. Das Schild, in Monaten verwittert, verrostet und entfärbt, hing schräg an einem Draht.

»Hast du Rina irgendwo gesehen?«

»Nein.«

»Irgendwas geht mit ihr vor. Sie redet mit keinem, sie versteckt sich. Heute müsste sie ihren Vortrag halten, aber Kuhn sagt, sie hätte noch nicht bestätigt. Was machen die Männer da?«

Wir näherten uns dem Strand. Zwei Feuerwehrleute streuten Kalk über einen toten Seehund. Wir gingen näher. Einer war jung und trug seine strahlende Uniform sehr feierlich; der andere, zwanzig Jahre älter, wirkte in seinem geflickten roten Anzug natürlicher. Sie schraken hoch, als sie uns sahen, als hätten wir sie bei einer ungehörigen Handlung ertappt.

»Warum bestreuen Sie den?«, fragte Ana.

Der Jüngere sah uns verdrossen an.

»Damit er nicht so stinkt. Später bringen wir ihn aus dem Ort und verscharren ihn.«

»Zuerst muss der Kalk wirken, damit das Vieh uns nicht den ganzen Wagen vollstinkt«, sagte der Ältere.

»Ist das normal, dass hier Robben an den Strand gespült werden?«

»Alle fünf oder sechs Jahre gibt es eine Epidemie«, sagte der Ältere. »Die schlimmste ist zweiundzwanzig Jahre her. Sie hat drei Wochen gedauert und endete mit einem toten Wal. Einem Riesenwal, nicht so einem, wie man sie sonst hier sieht. Die Leute sind von weit her gekommen, um Fotos zu machen. Der Unterkiefer hängt im Museum vom Dach.«

Der weiß gekälkte Seehund wirkte wie ein Signal im Sand, die Grenze einer unsichtbaren Zone.

»Zwei fehlen uns noch«, sagte der Jüngere.

Die Feuerwehrleute hievten den Kalksack auf einen klapprigen Karren und gingen nach Süden.

»Wer kommt denn da?«, fragte ich. Ein Mann mit grüner Windjacke näherte sich uns mit schnellen Schritten.

»Ich hab die Brille nicht mitgenommen. Ab zehn Meter Entfernung beginnt bei mir das Unbekannte«, sagte Ana.

Aber der Mann folgte nicht uns. Er ging vorüber, ohne etwas zu sagen oder uns auch nur zu beachten.

»Ist das nicht einer vom Kongress?«

»Zuñiga«, sagte Ana. »Er übersetzt französische Romane für spanische Verlage.«

»Wohin will er denn so eilig? Ob er vor jemandem auf der Flucht ist?«

Ohne uns darüber absprechen zu müssen, beschlossen wir, ihm zu folgen. Bald wurde uns klar, dass er vor niemandem floh: Er verfolgte einen Mann, der sich jetzt fünfzig Meter vor uns dem Leuchtturm näherte.

Wir gingen schneller, gegen den Wind. Einen Moment lang versanken wir bis zu den Knöcheln in der Algenschicht. Die Feuchtigkeit drang mir durch die Schuhsohlen, und Kälte breitete sich in meinem ganzen Körper aus. Am Fuß des Leuchtturms hatte Zuñiga Naum eingeholt.

Er rief etwas, damit der andere sich umdrehte. Beide waren so miteinander beschäftigt, dass sie uns nicht sahen. Außer ihnen existierte nichts mehr auf der Welt.

Zuñiga sagte ein paar Wörter in einer Sprache, die ich noch nie gehört hatte, die aber klanglich eine ferne Verwandtschaft mit der attischen Aussprache des Griechischen hatte. Naum ging wütend auf ihn los, als hätte der andere ihn beleidigt und dafür Prügel verdient. Mit der Hand hielt er ihm den Mund zu.

»Wollen Sie immer noch weitermachen, nach allem, was passiert ist?«

Der Wind trug ihre gleichsam mit dem Gestank der Algen verwobenen Stimmen zu uns.

»Ich habe die ganze Zeit auf eine Antwort gewartet!«, schrie Zuñiga, eher verzweifelt als wütend. Sein Tonfall wurde flehend. »Ich habe darauf gewartet, dass Sie mir einen Ausweg …«

»Halten Sie den Mund!«

»Ich kann nicht aufhören, daran zu denken. Das war nicht das, was Sie mir versprochen haben.«

»Ich habe gar nichts versprochen«, sagte Naum; dabei stieß er ihn mit Wucht von sich, als ob der andere ihm nicht nur Widerwillen, sondern Ekel einflößte. Zuñiga trat einen Schritt zurück. Beinahe wäre er über die unebenen Steinplatten des Bodens gestolpert.

»Halten Sie sich von mir fern. Reden Sie nicht mit mir. Niemand soll Sie und mich zusammen sehen.«

Mit Riesenschritten entfernte sich Naum in Richtung Hotel. Zuñiga stand so niedergeschlagen da, dass ich zu ihm ging und fragte, ob ihm etwas fehlte. Zunächst hörte er mich gar nicht. Dann sah er mich sehr befremdet an und sagte, nein, er sei völlig in Ordnung.

»Ich mag nicht mehr laufen«, sagte Ana. »Lass uns zum Hotel zurückgehen.«

Wir gingen schweigend. Vor langer Zeit waren wir zwei- oder dreimal pro Woche ins Kino gegangen. Wenn wir herauskamen, sagten wir kein einziges Wort; Stunden später, wenn der Film zu verblassen begann, redeten wir über ihn. Es hatte nur Sinn, nach einem langen Schweigen zu reden.

Zuñiga war auf der Stelle stehen geblieben, wo Naum ihn verlassen hatte; das Gesicht in den Wind gedreht, redete er vor sich hin, murmelte Bitten, und der Wind antwortete.

Teil III
Arlevein

Wer den Fuß auf das Terrain der Sprache setzt, kann sagen, er sei von allen Analogien im Himmel und auf Erden verlassen.

Ferdinand de Saussure

16

»Warum reden Sie hinter meinem Rücken? Halten Sie meine Vorträge für Kirmesspektakel, nur weil ich einen Patienten mitbringe? Es ist ganz einfach, über Abwesende zu reden, erfolgreiche Behandlungen zu beschreiben, die auf tausend Kilometer entfernt eingesperrte Patienten angewendet werden. Neunzig Prozent der Krankheitsgeschichten, die ich kenne, sind die reine Science-Fiction. Psychiatrie-Fiction.«

Naum betrachtete Blanes, ohne zu antworten; nicht als ob er eine passende Antwort suche, sondern als ob es ihn Mühe koste, sich daran zu erinnern, wer der andere eigentlich war. Dann sagte er halblaut: »Ich habe Ihre ersten Arbeiten gelesen, Doktor. *Neurologie und Übersetzung* war voll von kühnen Ideen; es war knapp, aber inspiriert. Aus dieser Zeit haben Sie nur die Kühnheit bewahrt; wo ist die Inspiration geblieben? Sie haben die Theorie durch das Spektakel ersetzt.«

»Warum darf denn die Medizin kein Spektakel sein, solange es ein würdiges Spektakel ist?«

»Bei der Wissenschaft widerspricht der Begriff des Spektakels dem Begriff der Würde.«

»Die Medizin hatte immer etwas von Theater. Denken Sie an die öffentlichen Autopsien, durchgeführt in anatomischen Theatern vor Publikum, das Eintritt bezahlt hatte. Denken Sie an Charcots Hysterikerinnen. Heute überlassen wir die einzigen öffentlichen Demonstrationen einer Heilung den Quacksalbern oder Gesundbetern. Die Medizin ist zu einer heimlichen, anonymen Veranstaltung geworden. Wir stellen unsere Maschinen aus, nicht unser Wissen. Aber warum soll ich, ein Arzt, es mir gefallen lassen, kritisiert zu werden von einem« – er hielt inne, um die treffende Beleidigung zu wählen – »Linguisten?«

»Gehen wir in den Saal, Dr. Blanes«, unterbrach Kuhn. »Sie sind jetzt dran.«

Die Übersetzer gingen in den *Fürstentum*-Saal, den wir bis jetzt noch nicht betreten hatten. Naum hielt mich fest.

»Ich war in meinem Leben schon auf zu vielen Kongressen. Mein Quantum an Clowns habe ich dabei längst zu mir genommen. Komm, lass uns einen Kaffee trinken, von alten Zeiten reden, Lügen erzählen, statt uns welche anzuhören.«

Ich zog es jedoch vor, Blanes' Vortrag zu lauschen.

Miguel wollte nicht aufs Podium klettern, und der Arzt zerrte ihn am Arm mit sich. Bei der Vorstellung war Kuhn sehr taktvoll; er erwähnte die ersten Bücher, sagte völlig mit Recht, Blanes sei in diesem Land einer der Ersten gewesen, der die Beziehungen zwischen Gehirnschäden und der Fähigkeit des Übersetzens untersucht habe, und ging nicht auf die jüngsten Skandale ein, wozu auch Blanes' Ausschluss aus der Neurologischen Gesellschaft gehörte. Miguel betrachtete den Tisch, das Wasserglas, jedes einzelne Gesicht, das Eichenparkett des Bodens, mit der Aufmerksamkeit des Gelehrten gegenüber einem schwierigen Text.

»Ich habe jede Art von zerstörtem Geist gesehen«, begann Blanes. »Menschen, die das Gedächtnis verloren haben, den Geruchssinn, die Wahrnehmung des eigenen Körpers, die Unterscheidung zwischen Traum und Wachen. In einem Krankenhaus in Mar del Plata habe ich einen Mann behandelt, der behauptete, die Stimme seiner verstorbenen Frau zu hören. Ich habe sein Gehör untersucht, das so arbeitete, als ob diese Stimme existierte. Ich habe einen Achtzehnjährigen gesehen, der versuchte, auf der Wand zu laufen, weil er sie für den Boden hielt. Eine alte Lehrerin in einem Asyl am Stadtrand von Montevideo hörte immer einen bestimmten Ton, wenn sie die Farbe Rot sah, und einen anderen bei Grün. Ein neunzig Jahre alter italienischer Seemann wollte nie die von den Bäumen gefallenen Blätter sehen, weil er in jedem einzelnen Blatt das Gesicht eines toten Kameraden entdeckte. Ich habe außerordentliche Fälle gesehen, aber keinen wie den von Miguel.«

Der Patient musterte jedes einzelne Gesicht und jeden einzelnen Zug in jedem Gesicht. Er entzifferte, er zerlegte die Gesichter, die Hände, die Körper zu Silben.

Miguel, erklärte Blanes, sei Bauarbeiter gewesen. Bei einer Demonstration vor sieben Jahren habe er eine Kugel in den Kopf bekommen, die Verletzungen der linken Gehirnhälfte verursachte. Zwei Monate habe er im Koma gelegen. Als er erwachte, habe er an totaler Sprachlosigkeit gelitten, die sich im Lauf der folgenden Monate besserte. Miguel fühlte sich durch den Bericht offenbar geschmeichelt; er nickte zu Blanes' Worten. Er schien sich daran gewöhnt zu haben, dass diese Krankengeschichte seine einzig mögliche Biografie war.

»Zu Beginn konnte Miguel seine Muttersprache nicht wieder erkennen; aber seine Genesung ging weit über seine ursprünglichen Fähigkeiten hinaus. Er begann, fremde Sprachen zu übersetzen, die er nie gelernt hatte. Natürlich waren diese Übersetzungen imaginär, er konnte es aber nicht unterlassen, sie vorzunehmen. Er ist nicht imstande, ›ich verstehe das nicht‹ zu sagen. Miguel findet in allem einen Sinn, er lässt es nicht zu, dass irgendeine Bedeutung dunkel bliebe. Es gibt auf der Welt kein einziges Wort, das für Miguel fremd klingt.«

Miguel, der universale Übersetzer, machte eine leichte Kopfbewegung, mit der er die Worte des Arztes bestätigte.

»Vor zwei Jahren«, fuhr Blanes fort, »erschien eine Abhandlung über das Sinnlose; der Autor erzählte darin eine mittelalterliche Legende. Ein englischer Reisender machte einen Strandspaziergang; dabei fand er einen von Algen bedeckten Ertrunkenen, aber einen Ertrunkenen, der lebte. Der Ertrunkene riss sich eine Korallenkrone vom Kopf, schob die Algen vor den Augen beiseite und sagte: ›Ich bin ein Gefangener von Poseidon. Ich war mit meinem Schiff unterwegs, der *Arlevein,* und ein Strudel hat mich zusammen mit meinen Gefährten verschluckt. Poseidon war bereit, mich wieder ins Leben zu entlassen, aber nur, wenn ich herausfinde, was das Wort Arlevein bedeutet.‹ – ›Und wissen Sie nicht, was es bedeutet?‹, fragte der Reisende. ›Nein‹, antwortete der Ertrunkene; ›mit diesem Schiff sind wir im Auftrag meines Königs aufgebrochen, um das Rätsel zu lösen; deshalb hieß mein Schiff so. Wenn du mir nicht sagst, was es bedeutet‹, sagte der Ertrunkene zum Reisenden, ›werde ich dich mit mir auf den Meeresgrund nehmen.‹ Der Reisende hatte das Wort noch nie gehört, aber um sich zu retten, musste er eine Antwort improvisieren. Hier habe ich das Vorlesen unterbrochen und Miguel nach der Bedeutung dieses Worts gefragt. Und seine Antwort war identisch mit der im Buch.«

»Und wie lautet diese Antwort?«, fragte Kuhn.

»Der Reisende sagte, Arlevein bedeute die unendliche Suche nach der Bedeutung eines Worts. Wir wissen nicht, ob das die Wahrheit ist, in der Fabel hat diese Antwort jedoch den Reisenden gerettet. Aber jetzt soll Miguel reden.«

Miguel drückte den Rücken durch und sah geradeaus; er machte sich bereit, Antworten zu geben. Das Auditorium war skeptisch, aber bis jetzt hatte noch keiner die Zeit gehabt, sich zu langweilen, und ein gewiefter Vortragsredner wie Blanes wusste, dass Ungläubigkeit nichts ist, verglichen mit Langeweile.

»Ich bitte Sie, einen Satz in einer beliebigen Sprache auf einen Zettel zu schreiben und mir zu geben«, sagte Blanes. »Ich werde das dann lesen.«

Ein paar Sekunden herrschte Unbehagen. Um das Eis zu brechen, kritzelte Kuhn einen Satz auf ein kariertes Blatt. Blanes las:

Nel mezzo del cammin di nostra vita
Mi ritrovai per una selva oscura
Che la diritta via era smarrita.
[In der Mitte unseres Lebensweges
fand ich mich in einem dunklen Wald wieder
und hatte den geraden Weg verloren.]

Es gab keine Überraschungen; man musste kein Italienisch können, um die Verse zu verstehen. Miguel lieferte eine ungefähre Übersetzung, wobei er für *smarrita* irgendeine – ich weiß nicht mehr welche – Bedeutung erfand. Blanes bemerkte, dass die Spannung nachgelassen hatte. Er bat um Sätze auf Französisch, Deutsch, Japanisch ... Ein weiterer Zettel kam:

Objects in mirror are closer than they appear.
[Objekte im Spiegel sind näher, als sie scheinen.]

Miguel übersetzte, ohne zu zögern: »*Al mirar los objetos se cierran en su aparición.*« [Beim Betrachten verschließen sich die Objekte in ihrem Anschein.]

Mit schmierenkomödiantischem Aufwand rezitierte Vázquez ein Gedicht von Baudelaire; ich glaube, es war »Die Riesin«. Blanes erbat den geschriebenen Text. Miguel ersetzte jeden einzelnen Vers durch einen seiner Erfindung; hin und wieder traf er das richtige Wort, aber die Übereinstimmungen waren weniger interessant als das parallele Verbaluniversum, das er mit den fremden Sprachen erschuf. Seine Weigerung, etwas nicht nicht-zu-verstehen, hinterließ einen bitteren Beigeschmack nach Nonsens, denn alles verstehen ist dasselbe wie nichts verstehen. Um sich nicht dieser Leere auszuliefern, ließ Miguel sich in eine Art erhabener Gleichgültigkeit fallen; er würde nie etwas verstehen können, bis er lernte, nicht zu verstehen.

Zehn Minuten lang begeisterte sich das Publikum für dieses Spiel, aber dann kamen die ersten Anzeichen von Langeweile: Gemurmel, Gähnen, einige gingen.

»Will keiner mehr eine Übersetzung von Miguel? Wir hatten bis jetzt noch keinen Satz auf Deutsch, auf Flämisch, auf Katalanisch …«

Stumm, unbehaglich warteten wir darauf, dass Blanes unser Schweigen als Signal begreifen würde, das Spektakel für beendet zu erklären und seinen Vortrag zu beginnen: Wir hatten die Fakten gesehen, nun war es an der Zeit für die Schlussfolgerungen. Jemand stand auf, weiter hinten. Ich wandte nicht den Kopf, aber ich hörte den unverständlichen Satz.

»Sie müssen das aufschreiben«, sagte Blanes.

Zuñiga wiederholte den Satz.

»Das bedeutet nichts, aber trotzdem kann Miguel es übersetzen. Was hat der Señor da eben gesagt?«

Miguel schüttelte den Kopf. In diesen Augen, die nirgends hinschauen mochten, stand Entsetzen. Miguel verstand, aber diesmal wollte er nicht übersetzen.

»Was ist los? Was hat er gesagt?«

Miguel begann, heftig mit den Füßen zu trampeln, aber nicht völlig irrational, sondern mit Methode, als ob die kalkulierte Wut seiner Tritte einem fernen Ort eine Botschaft übermitteln sollte. Er hatte das Kinn an die Brust gepresst, die Augen hefteten sich auf den Boden, die Hände bedeckten die Ohren. Blanes versuchte, ihn aus dieser Haltung zu lösen, aber der Patient hatte sich in sich zurückgezogen.

»Der Vortrag ist beendet«, sagte Kuhn.

Ich suchte Zuñiga unter den Hinauseilenden, aber er war schon weg. Wie der Reisende aus der Legende hatte ich den Ertrunkenen das unbekannte Wort aussprechen hören, konnte aber die Bedeutung nicht erraten.

17

Ein Abschleppwagen deponierte den grünen Rambler vor der Hoteltür. Blanes unterschrieb die Rechnung, nahm das Auto in Empfang und setzte sich auf die Motorhaube.

»Haben Sie ihn gefunden?«, fragte er Kuhn.

»Er ist nicht im Hotel.«

»Ohne ihn kann ich nicht gehen. Ich habe die Verantwortung für ihn übernommen. Wer war dieser Mensch, der das gesagt hat? Warum hat er ihn absichtlich verstört? Das hat bestimmt Naum angezettelt.«

Miguel war am Ende des Vortrags verschwunden, mitten in seiner Krise. Blanes war dageblieben, um ein paar Fragen zu beantworten. Kaum hatte er Miguels Abwesenheit bemerkt, da begann er, allen, die ihm über den Weg liefen, Anweisungen hinsichtlich der korrekten Art des Suchens zu geben; er leitete die Fahndung, ohne sich von der Stelle zu rühren.

»Er könnte oben sein«, sagte ich. »Da gibt es viele leere Zimmer.«

Eine Gruppe suchte Miguel am Strand, eine andere in der Umgebung des Hotels.

Im zweiten Stock ließ ich Kuhn zurück. Im dritten traf ich Vázquez und bat ihn, mir zu helfen.

»Gibt es einen Preis, wie bei der Schatzsuche?«, fragte er.

»Nein, aber wenn wir ihn finden, bleibt Blanes und hält noch einen Vortrag.«

»Toller Anreiz.«

Die meisten Türen im vierten Stock waren abgeschlossen. Ein Sektor war noch nicht versperrt; ich ging dorthin, während Vázquez zur fünften Etage hinaufstieg. Ich schaute in Zimmer, die noch nicht gestrichen waren; in einigen fehlten die Bodenfliesen oder die Einrichtung des Bads. Nach einiger Zeit hörte ich Vázquez rufen: »Ich hab ihn!«

Ich lief durch den leeren Korridor und rannte die Treppe hinauf. Ich kam zu einem Raum, der als Lager diente; dort stapelten sich Konservendosen, Plastikbeutel mit Handtüchern, Pappkartons mit Lebensmitteln. Vázquez lag in einer Ecke; er hatte sich den Kopf an einem Rasenmäher gestoßen. Ich half ihm auf die Beine. Mitten im Raum brannten vier Kerzen.

»Er hat mich umgeschmissen und ist weggerannt. Ich glaube, er ist auf die Terrasse gelaufen.«

Wir gingen eine Betontreppe hinauf und gelangten auf eine weitläufige Terrasse. Dort war Miguel; er stand am Rand und blickte hinaus. Die Terrasse hatte keinerlei Geländer.

»Sagen Sie Blanes Bescheid. Ich bleibe und passe auf ihn auf.«

Miguel hielt eine brennende Kerze hoch. Das Wachs rann ihm über die Finger, aber er schien es nicht zu bemerken. Er bewegte langsam die Hand, als gäbe er Zeichen, die für niemanden bestimmt waren.

»Miguel«, sagte ich. »Kommen Sie weg von der Kante.«

Er hörte mich nicht. Er wandte nicht den Kopf. Er blickte weiter auf einen Punkt in der Ferne: den Leuchtturm, die Algen, das Meer.

Ich näherte mich noch ein wenig, wagte es aber nicht, ganz zu ihm zu gehen. Es dauerte lange, bis Blanes erschien; als er endlich auftauchte, keuchte er heftig. Er benötigte einige Zeit, bis er sprechen konnte.

»Miguel!«, rief er, hoffte aber vergebens auf eine Antwort. Langsam näherte er sich seinem Patienten. Erst als er ihm eine Hand auf die Schulter legte, bemerkte der andere, dass er da war. Blanes nahm ihn am Arm und zog ihn weg vom Rand. Miguel ließ es fügsam geschehen.

»Warum bist du weggelaufen? Wo wolltest du hin?«, fragte Blanes.

Miguel gab keine Antwort.

Das Abendlicht schwand. Blanes nahm ihm die Kerze aus der Hand und beleuchtete seinen Kopf. Ohne etwas zu sagen, zeigte er uns Miguels Ohren. Sie waren umgeben von geschmolzenem und wieder erstarrtem Wachs und dort rot, wo es zu heiß gewesen war. Er hatte sich die Ohren versiegelt.

18

Miguel war schon ins Auto gestiegen. Er setzte sich auf den Beifahrersitz und schaltete das Radio ein. Er schien mit keinem Sender zufrieden und drehte die Senderwahl von einer Seite zur anderen, wobei er ferne verrauschte Stationen empfing.

»Ich verlange eine Erklärung von diesem Mann«, sagte Blanes.

Er war aggressiv auf Kuhn zugegangen, der nicht zurückwich. Zwar war er daran gewöhnt, sich ein wenig zu bücken, um mit den Leuten zu reden, aber diesmal nutzte Kuhn den Größenunterschied, um der Bedrohung zu trotzen. Er stand hoch aufgerichtet und schaute geradeaus.

»Wir suchen ihn. Noch haben wir ihn nicht gefunden«, sagte er. »Ich bin sicher, dass Zuñiga nicht die Absicht hatte, Ihrem Patienten zu schaden …«

»Missverstehen Sie mich nicht. Mein Ärger ist schon verflogen. Jetzt ist mir wichtig, dass er ein Geheimnis hat.«

»Zuñiga hat kein Geheimnis. Er ist ein etwas seltsamer Mann, und seit er angekommen ist, war er allein und hat mit keinem geredet. Vielleicht wollte er, so wie Sie mit Ihrem Patienten experimentiert haben, auch ein wenig spielen, um zu sehen, ob Miguel sinnlose Wörter übersetzt.«

»Bei meinen Vorträgen ist immer jemand, der ihn auffordert, sinnlose Wörter zu übersetzen, aber was diesmal geschehen ist, war etwas anderes. Ich untersuche diesen Mann seit Jahren, und plötzlich wird mir klar, dass ein anderer ein Geheimnis hat, dem ich mich nicht einmal genähert habe. Wer ist dieser Zuñiga? Ist er Linguist wie Sie?«

»Er ist Übersetzer. Er hat ein Examen als Ingenieur abgelegt, aber nie genutzt. Er hat sein ganzes Leben bei seiner Mutter in Buenos Aires gewohnt und trennt sich von ihr nur, wenn er nach Barcelona reisen muss, ein- oder zweimal im Jahr. Er übersetzt für spanische Verlage aus dem Französischen, vor allem Essays. Ich kenne ihn eigentlich nicht; ich habe ihn vorher ein paar Mal gesehen, nicht mehr.«

»Und diese Sprache, die er gesprochen hat? Weiß sonst jemand, worum es sich handelt?«

»Wir waren gerade hier angekommen, als er sich mit Valner und einer Übersetzerin in einer Kommission abgeschottet hat, um über künstliche Sprachen zu reden. Vielleicht war das eine dieser Sprachen. Wahrscheinlich die Sprache der Engel von John Dee. Das war das Thema von Valners Vortrag. Ihr Patient übersetzt mit viel Fantasie; wer weiß, welchen furchtbaren Sinn er diesen Wörtern gegeben hat, die nichts bedeuten.«

Blanes musterte Miguel, der immer noch mit dem Radio spielte, es lauter und leiser stellte.

»Ich würde lieber hier bleiben, um ihn zu suchen, aber ich muss den da wegbringen, damit seine Ohren behandelt werden.«

»Hat er früher schon mal einen selbstzerstörerischen Anfall gehabt?«, fragte ich.

»Das war kein selbstzerstörerischer Anfall, Señor De Blast. Das hat er gemacht, um sich zu schützen.«

Blanes fühlte in seinen Taschen, bis er ein zerknittertes Stück Papier fand, das er Kuhn reichte.

»Geben Sie Zuñiga meine Karte, und sagen Sie ihm, er soll mit mir Verbindung aufnehmen. Wir müssen uns unterhalten.«

Blanes stieg ins Auto.

»Bevor ich wegfahre, drehe ich noch eine Runde durch den Ort, um zu sehen, ob ich ihn irgendwo treffe.« Er knallte die Tür zu.

»Viel Glück«, sagte Kuhn; dabei winkte er ihm. Der grüne Rambler fuhr die Küstenstraße entlang. »Ich hoffe, ich sehe ihn nie wieder.«

Wir setzten uns auf die Freitreppe des Hotels.

»Dieser Kerl ist noch verrückter als sein Patient. Er glaubt, eine Sprache könnte Sinn übermitteln, selbst wenn man die Bedeutung ihrer Wörter gar nicht kennt.«

»Du hast gesagt, es wäre die Sprache von John Dee. Glaubst du das wirklich?«

»Nein. Die klingt ganz anders. Hast du vorher schon mal etwas Ähnliches gehört?«

Ich erinnerte mich an Zuñiga, wie er Wörter auf Naum abfeuerte. Ich erinnerte mich an Naum, der ihn seiner Einsamkeit und seinem Schrecken überließ.

»Noch nie«, sagte ich.

19

In *Das Gorgonenhaupt* nutzt Kabliz den Mythos, um seinen Kopfschmerz-Entwurf zu zeichnen. Die tausend Schmerzpunkte im Schädel, die sich wie Schlangen winden; rings umher eine Welt, in der die Dinge versteinern. Und die Abneigung gegen Spiegel und der geheime Wunsch, enthauptet zu werden.

Mir war das Aspirin ausgegangen; ich zog los, um neue zu kaufen, ehe das Unwetter losbrach.

Vázquez lief mir im Foyer über den Weg. Er hatte ein Glas mit Whisky in der Hand.

»Wir haben uns in einem Ausschuss zusammengesetzt, um über das Übersetzen von Kriminalromanen zu reden. Wollen Sie nicht dazukommen?«

Vázquez legte weniger Wert darauf, sich zu unterhalten, als gehört zu werden, und er brauchte Zuhörer für seine Anekdoten.

»Ich muss noch etwas besorgen.«

»Wir diskutieren darüber, ob man die Gangster aus New York im Lunfardo von Buenos Aires reden lassen muss.«

Ich versprach ihm zu kommen, in diesem Tonfall, in dem man in aller Ruhe lügen kann, weil man es für ausgeschlossen hält, dass irgendjemand einem glauben könnte, was man sagt.

Ich ging ziemlich schnell in den Ort. Ich gehe gewöhnlich sehr schnell, halte mich aber immer auf, weil ich es nicht lassen kann, die Schaufenster zu betrachten, auch wenn mich die Dinge darin gar nicht interessieren. Die Schaufenster von Puerto Esfinge zeigten entweder Plakate mit der Aufschrift *Zu Verkaufen* oder *Zu Vermieten*, oder sie boten T-Shirts mit bedrohten Tieren und handgestrickte

Pullover feil. Ich ging in eines dieser Geschäfte, um für meine Frau einen silbernen Ohrring zu kaufen. Die Verkäuferin zeigte mir Silhouetten von Tieren, und ich suchte etwas so Abstraktes aus, dass es ein Buchstabe zu sein schien: einen Walschwanz.

Als ich wieder hinausging, sah ich in der Ferne das grüne Kreuz einer Apotheke. Ein Mann kam eilig heraus und verschwand um eine Ecke. Ich hatte den Eindruck, dass es Zuñiga war.

Ich wollte einen Streifen Aspirin kaufen, aber sie verkauften nur ganze Schachteln. Ich nahm eine mit fünfzig Stück und verlangte noch ein stärkeres Schmerzmittel.

»Ich glaube, ich kenne den Mann, der eben hinausgegangen ist«, sagte ich dem alten Apotheker.

»Ein seltsamer Typ. Er wollte mich mit einer Nickelmünze bezahlen.«

»Eine von den alten?«

»Sehr alt. Er wollte sie unbedingt loswerden und hat darauf bestanden, sie mir zu geben, obwohl er schon bezahlt hatte.«

»Ich nehme an, er hat seine Blutdruck-Medizin gekauft.«

Der Apotheker zögerte, bevor er mir erzählte, was Zuñiga gekauft hatte: eine Schachtel mit einem Beruhigungsmittel.

Als ich die Ecke erreichte, hörte ich meinen Namen. Ein Blitz blendete mich.

Ana hielt ihre Taschenkamera hoch. Neben ihr stand Naum, mit einer schwarzen Lederjacke und glänzenden Stiefeln.

»Stellt euch mal nebeneinander«, sagte Ana.

Ich gehorchte; dabei bedauerte ich, dass der Kontrast

zwischen der Lederjacke und meinem Cordmantel für die Ewigkeit aufbewahrt wurde.

»Warum hat Zuñiga dich verfolgt, Naum? Was wollte er?«, fragte ich, während wir in die Kamera lächelten, jeder mit einem Arm um die Schulter des anderen.

»Darüber habe ich eben mit Ana gesprochen. Zuñiga hat mir ein paar Mal geschrieben, weil er Informationen suchte, ich weiß nicht mehr, ob über die Kabbala oder worüber sonst. Ich beantworte dreißig Briefe pro Tag. Alle Leute meinen, sie wären mit mir befreundet und sind beleidigt, wenn ich ihnen nicht meine ganze Aufmerksamkeit widme.«

»Kommt, gehen wir zum Leuchtturm, ehe das Unwetter losgeht«, sagte Ana.

Wir gingen die Küste entlang zum Leuchtturm. Um ihn her gab es einen Drahtzaun, der einmal dazu gedient hatte, den Zutritt zu verhindern, aber inzwischen eingesackt war. Die Tür war mit einem rostigen Vorhängeschloss versperrt. Ana stieß einen enttäuschten Seufzer aus. Naum probierte, ob das Schloss nachgeben würde; seine behandschuhten Finger zerrten an dem Hindernis, bis es aufging.

Das Innere des Leuchtturms war dunkel, und es roch feucht. Auf dem Boden stand ein verrosteter Heizkörper, daneben ein Bündel aus Planen und Stricken, die zu faulen begonnen hatten. In der Toilette gab es eine defekte Wasserleitung, die die ganze Etage geflutet hatte.

»Mehr willst du uns nicht über Zuñiga sagen?«, fragte ich.

»Da gibt es nicht mehr. Fragt ihn doch selbst.«

»Du warst immer schon ein Geheimniskrämer.«

»Was ist ein Mann ohne Geheimnisse?«

Wir begannen die Treppen hinaufzugehen, immer eine

Hand an der salzverkrusteten Wand. Die Spitze des Leuchtturms war vom letzten Tageslicht erhellt.

»Als wir hergekommen sind, habe ich den Chauffeur nach dem Leuchtturm gefragt«, sagte Naum. »Er sagt, der wäre schon seit dreißig Jahren abgeschaltet. Einige Zeit hat man ihn nur zu Neujahr angemacht, jetzt nicht mal mehr dann. Aber vorher lebte hier ein alter Mann, der sich von einem Tag zum anderen geweigert hat, den Leuchtturm zu verlassen. Zehn Jahre lang war er hier drinnen, fast immer oben. Das Essen haben sie ihm in einem Blecheimer hochgezogen.«

Nun, da die Augen sich an die Dunkelheit gewöhnt hatten, konnte ich oben ein Laufrad sehen, an dem ein zerbeulter Eimer hing. Die Leine reichte bis zum Erdboden. Ein unsichtbarer Vogel begann, im Turmkegel herumzuflattern, aufgeschreckt durch unsere Anwesenheit. Hin und wieder konnte ich einen Schatten sehen; der Rest war das Geräusch seiner Flügel.

»Der Alte hat auf die Ankunft eines Schiffs gewartet, der *Esfinge* [Sphinx]. Er hat gesagt, solange es nicht kommt, verlässt er den Turm nicht. Aber die *Esfinge* war hundert Jahre vorher angekommen, und sie war vor der Küste gesunken. Die Überlebenden haben den Ort gegründet.«

Naum begann zu prusten. Es ist nicht einfach, eine Geschichte zu erzählen und dabei eine Treppe hinaufzusteigen. Ich war so glücklich über sein Keuchen, dass ich die Stufen segnete: Wenn sie doch nie geendet hätten.

»Eines Tages hat der Alte alle Lichter angemacht, wie er es für den Fall versprochen hatte, dass das Schiff kommt. Die Leute sehen aufs Meer hinaus: kein Schiff weit und breit. Sie rufen den Alten, aber der antwortet nicht. Er war tot. Seit damals ist der Leuchtturm erloschen und leer. Der Chauffeur hat gesagt, er hätte selbst gesehen, wie der Leuchtturm in der Nacht ein Signal gegeben hat und dann erloschen ist.«

Wir waren oben angekommen. Ich spürte die Kälte in den Knochen. Schweigend schauten wir auf das dunkle Meer.

»Ich würde gern an Gespenster glauben«, sagte Naum. »Nicht an die Geister der Spiritisten, die Lampen ausmachen und auf den Boden trampeln und mit Hilfe eines Glases sprechen, sondern an die anderen, an die, die die Spur einer Geschichte sind, die sie nicht abschließen wollen.«

Ich blickte nach unten. Ich malte mir den Sprung aus – mit ausgebreiteten Armen auf die Felsen stürzen. Naum redete von fremden Geistern, von einem alten Mann in einem Leuchtturm, der nichts mit uns zu tun hatte; ich zog es vor, ein vertrautes Gespenst zu unserer Versammlung zu laden.

»Hör mal, Naum. Warum hat sich Valner umgebracht?«
»Wie soll ich das wissen?«
»Ich glaube nicht, dass du ihn nicht gekannt hast, wie du sagst. Kuhn hat mir erzählt, jemand hätte darauf bestanden, dass er ihn einlädt. Heute habe ich ihn noch einmal gefragt. Er hat zugegeben, dass du es warst.«

Er betrachtete mich verdrossen.

»Wir haben uns geschrieben. Irgendwann bin ich ihm über den Weg gelaufen. Der Typ war mir sympathisch, aber ich habe ihn seit Monaten nicht gesehen, ich war ja nicht einmal hier, als er gestorben ist.«

Über dem Horizont zeichnete sich ein Netz von Strahlen ab, deren Zweck es war, Anas Gesicht zu beleuchten.

Ich wollte sie nicht sehen, ich wollte, dass alles im Schatten blieb, ich wollte weg.

Die Tür des Leuchtturms quietschte.

»Da unten ist jemand«, sagte Naum.

Ich beugte mich vor in die absolute Schwärze. Ana sagte, ihr sei kalt; Naum gab ihr seine Handschuhe. Es war ein Paar aus schwarzem Leder, das die Form der Hände bewahrte, die eben noch darin gesteckt hatten; Ana schob die Hände in die leere Form, in die Wärme von Naums Händen.

Wir begannen, die Treppe hinabzusteigen, während der andere, der Unbekannte, uns von unten beobachtete, so unsichtbar wie der Vogel, der sich in dem Bauwerk verfangen und nun entweder die Flucht aufgegeben oder doch einen Ausweg gefunden hatte. Naum redete den Unbekannten laut an. Niemand antwortete.

»Da ist keiner«, sagte Ana. »Da kann gar keiner sein.«

»Es muss sich um dein Gespenst handeln, Naum.«

»Um wen?«

»Zuñiga, der dir überallhin folgt.«

Ich konnte Naums Gesicht nicht deutlich sehen, aber als er meinen Arm nahm, um mich weiter nach unten zu ziehen, bemerkte ich, dass seine Hand zitterte.

Sekunden später bewegte sich das Seil, an dem der Eimer hing.

»Irgendein Junge, der uns erschrecken will«, sagte ich.

Das Seil schoss nach oben. Ich hörte das Surren des Laufrads, dann das Krachen des Eimers, der auf den Boden prallte.

20

Wir hatten kaum die Tür zum Leuchtturm geschlossen, als mit einem eisigen Windstoß das Unwetter losbrach. Wir rannten zum Hotel. Das Meer rammte den Algenwall und drohte ihn zu zerstören. Das Hotel war ein Licht in der Ferne: Gegenstände unter dem Regen sind näher, als es scheint.

Am großen Tisch im Speisesaal waren einige Stühle von Übersetzern eingenommen, die Brot mit Butter aßen und sich langweilten.

»Ich glaube, Ihr Mantel ist nicht wasserdicht«, sagte Vázquez, der an einem Nebentisch eine Patience legte.

Ich ließ den Mantel in der Nähe der Heizung und ging auf mein Zimmer, um die nassen Kleider auszuziehen. Auf Betreiben meiner Frau hatte ich eine zweite Hose mitgenommen. Im Rahmen meiner beschränkten Voraussicht war Regen so unwahrscheinlich wie eine Sonnenfinsternis.

Ich setzte mich zu Vázquez.

»Wie ist die Debatte ausgegangen?«

»Dass man nur Romane mit taubstummen Pistoleros übersetzen sollte, um dem Problem der Umgangssprache zu entgehen. Es war richtig, dass Sie nicht gekommen sind; ich habe mich sehr gelangweilt.«

»Ich dachte, Sie würden die ganze Zeit sprechen.«

»Ich habe die ganze Zeit gesprochen, mich aber trotzdem gelangweilt.«

Ich musterte die Karten. Ich wollte gerade einen Vorschlag machen, aber Vázquez fiel mir ins Wort.

»Sagen Sie bloß nichts, ich ertrage keine Einmischung, wenn ich eine Patience lege. Das ist ein richtiges Laster.«

»Sagen Sie mir nicht, dass es das einzige wäre.«

Er kam nicht weiter. Er schob die Karten zusammen und hielt mir den Stoß hin.

»Spielen Sie?«

»Kartenspiele langweilen mich.«

»Patience ist kein Kartenspiel. Es ist eine Denkaufgabe. Unordentliche Teile, die man an die richtige Stelle bringen muss.«

»Warum, glauben Sie, hat sich der Patient von Blanes so erschreckt?«

»Wenn das eine Szene in einem Krimi wäre, würde ich sagen, er hat eine Bedeutung in etwas gesehen, was für sonst niemanden Bedeutung hat.«

»Aber warum sollte man ausgerechnet diesen Wörtern einen schrecklichen Sinn beimessen, statt irgendwelchen anderen? Zuñiga und er haben sich nicht gekannt; warum sollte er vor ihm Angst haben?«

»Möglicherweise war die furchtbare Bedeutung nicht in den Wörtern, sondern in der Szene. Stellen Sie sich vor, ich erzähle Ihnen, es gibt hier einen Mörder, der demjenigen, den er umbringen wird, eine Karte vor die Füße wirft. Dann nähert sich Ihnen jemand und lässt eine Karte fallen. Es kann eine beliebige Karte sein.« Er nahm ein Herzass. »Wenn jemand die Szene beobachtet und Ihren Schrecken sieht, wird er sich fragen, was ist denn an einem Herzass so schrecklich? Aber Ihre Angst wurde nicht durch die Karte an sich ausgelöst, sondern durch das, was vorher erzählt worden ist.«

»Das überzeugt mich nicht«, sagte ich.

»Rätsel sind da, um uns ein Gesprächsthema zu geben, nicht, damit wir sie lösen. Wenn jemand weiß, wie man die Zeit verbringt, bis das Essen kommt, und danach auch noch, wie man das Geschwätz nach Tisch erträgt, dann hat er das Leben gemeistert.«

Inzwischen saßen alle am Tisch. Wir suchten uns zwei freie Stühle. Eine halbe Stunde später waren wir mit den mit Fleisch gefüllten *Empanadas* fertig und warteten auf den Lammbraten. Ana saß neben mir. Sie hatte den nassen Pullover gegen einen himmelblauen ausgetauscht. Sie hatte sich die Haare getrocknet und mit einer gelben Schleife zusammengebunden.

»Was für eine Seligkeit ist doch dieser Moment, der letzte Augenblick, bevor man zu essen beginnt«, sagte Vázquez. »Später kommen Sättigung, Verdauungsstörung und Reue.«

Mit der klassischen Gleichgültigkeit mancher Frauen gegenüber dem Essen stand Ana auf, als das Lamm serviert wurde. Ich fragte, wohin sie wolle.

»Ich will nachsehen, was mit Rina los ist.«

Sie benutzte das Telefon am Empfang. Nach ein paar Sekunden legte sie auf und bat den Concierge, Rauach zu rufen. Ich war der Einzige, der auf Anas Bewegungen achtete; die anderen redeten in dem Maße lauter, in dem die Flaschen leerer wurden. Bei einer Mahlzeit mit vielen Leuten ist es oft so, dass eine Mauer aus Gesprächen und Blicken den Tisch von der Welt isoliert, bis man sich schließlich umschaut und feststellt, dass der vor einigen Stunden volle Salon inzwischen leer ist und die Stühle auf den Tischen stehen.

Der Geschäftsführer zögerte ein paar Sekunden, schien verneinen zu wollen und ergriff schließlich einen Schlüsselbund. Ana und Rauach verschwanden im Aufzug.

Einige Minuten vergingen. Mir wurde das Lamm serviert. Der Spaziergang und der Regen hatten mich hungrig gemacht. Traurig musterte ich den Braten: So saftig, dachte ich, so verlockend, und ich werde keinen einzigen Bissen essen können.

Ich lief die Treppen hinauf. Der erste Stock war verlassen; im zweiten traf ich Ana, die wie verloren herumirrte. Sie hielt beide Hände auf die Magengrube gepresst.

Rauach, der Geschäftsführer des Hotels, schloss die Zimmertür. Er zog ein Tuch aus der Tasche und putzte die vergoldeten Ziffern, drei-eins-sechs, bis sie glänzten. Er reagierte erst, als ich seine Schulter berührte. Er sagte nichts, aber er fuhr zusammen.

»Ich rufe den Kommissar.«

Kuhn war ein guter Gastgeber; er wartete, bis fast alle zu Ende gegessen hatten, ehe er die Nachricht bekannt gab: Rina Agri war tot. Nach einem Moment tiefer Stille begannen alle gleichzeitig, Fragen zu stellen. Kuhn antwortete; je länger er sprach, desto mehr verlor er von seiner Energie, und die Übrigen auch; die einzelnen Fragen erschöpften nach und nach das Thema, aber auch das Temperament. Es war ein Frage-und-Antwort-Spiel, bei dem die Fragen keinen Sinn hatten und es keine Antworten gab. Bald saßen alle schweigend da, musterten die leeren, von Fett glänzenden Teller, die jäh zu Objekten des Grauens verwandelt worden waren.

Guimar erschien wie eine neue Figur, die in eine Komödie eingeführt wird, um einen siechen vierten Akt zu beleben. Er warf seinen Regenmantel über einen der Stühle. Vorwurfsvoll blickte er um sich; ich glaube, alle empfanden so etwas wie Schuld an der Mühsal, die wir dem friedlichen Ort und seinem friedlichen Kommissar auferlegten.

»Wo ist sie?«, fragte er.

»Zimmer dreihundertsechzehn. Ich begleite Sie«, sagte Rauach.

Rauach und Guimar verloren sich im Treppenhaus. Kuhn folgte ihnen.

Die nächsten zehn Minuten redeten wir von Rina Agri. Wir sprachen immer noch im Präsens, als sei sie überhaupt nicht gegangen, als packe sie gerade ihre Koffer und als sei es eine Taktlosigkeit, sie zur Vergangenheit zu verdammen. Immerhin standen zwei überzählige Teller auf dem Tisch, die niemand angerührt hatte. Wir warteten auf die Bestätigung durch den Kommissar: die Mitteilung über ihren endgültigen Ausschluss. Der Kellner nahm den Urteilsspruch vorweg; nachdem er das schmutzige Geschirr abgeräumt hatte, entfernte er auch diese beiden Teller und ließ den Tisch leer zurück.

21

Guimar kam langsam die Treppe herab, ohne uns zu beachten, als ob ihm nicht klar sei, dass er der Mittelpunkt der Aufmerksamkeit war.

»Sagen Sie mal, Kuhn, nach welchem Kriterium haben Sie diese Leute ausgesucht? Ist das ein Kongress von Manisch-Depressiven?«

»Hat sie sich auch umgebracht?«

»Diesmal gibt es keine Zweifel.« Er betrachtete die Gäste; einige hatten sich auf die Sessel verteilt, andere saßen am großen Tisch. »Hat heute jemand mit ihr gesprochen?«

Keiner hatte mit ihr auch nur ein einziges Wort gewechselt.

»Kannte die Italienerin den anderen, der gestorben ist? Könnten die beiden einen Selbstmord-Pakt geschlossen haben?«

Ana, die Augen gerötet, antwortete: »Die waren nicht liiert, wenn es das ist, was Sie wissen wollen. Sie haben sich kaum gekannt.«

Guimar wandte uns den Rücken zu, um mit Rauach zu sprechen. Ich ging näher.

»Ich weiß nicht, was hier passiert, Kommissar, aber wenn das so etwas wie eine Epidemie ist oder ein Selbstmord-Pakt, dann hätte ich noch einen Kandidaten.«

Ich erzählte ihm von Zuñigas seltsamem Verhalten. Guimar fragte Kuhn, ob es etwas gebe, was die drei verbinde.

»Sie haben in verschiedenen Ländern gelebt und hatten ganz unterschiedliche Karrieren, aber zufällig das gleiche Interesse an mythischen Sprachen. Deshalb haben die drei am ersten Tag einen Ausschuss gebildet.«

»War da noch jemand drin?«

»Nein, nur die drei. Sie haben sich für Stunden eingeschlossen.«

Rauach ging los, um nachzusehen, ob Zuñiga auf seinem Zimmer war. Nach zwei Minuten kam er zurück.

»Er ist nicht da. Das Zimmer ist aufgeräumt, als ob er den ganzen Tag nicht da war.«

Die Hoteltür öffnete sich, um eine eisige Bö einzulassen. Und Ximena, bekleidet mit einem gelben Regenmantel, der auch ihren Kopf bedeckte.

»Ich habe vor meinem Haus das Auto des Kommissars vorbeifahren sehen. Gibt es was Neues?«

Aus der Tasche zog sie ihren Notizblock, der dem Regen nicht entgangen war; statt Buchstaben waren blaue Kleckse zu sehen. Ich erzählte ihr, was geschehen war. Ich erzählte es ihr leise; alle sprachen wir leise, als ob da jemand sei, den wir aufzuwecken fürchteten.

Der Kommissar unterbrach das Gemurmel. Er redete sehr laut.

»Rauach, lassen Sie alle Lampen bringen, die Sie haben. Es ist mir egal, dass es regnet; alle werden mitmachen müssen.«

»Was wollen Sie draußen?«, fragte Ximena.

»Wir wollen Zuñiga suchen«, sagte ich.

Ximena holte aus ihrer Mappe das Blitzgerät und steckte es auf die Kamera. Rauach und der Concierge waren mit Lampen und Batterien erschienen. Ich war vor den anderen da und fand eine, die funktionierte; die übrigen schienen in keinem guten Zustand zu sein.

Ana saß in einem Sessel und starrte ins Leere. Sie würde nicht hinausgehen, sie war schon draußen und weit weg.

Trotz der Tragödie konnte ich ein Gefühl von Abenteuer

nicht unterdrücken, als ob wir Pfadfinder beim ersten Lager seien.

Das Unwetter hatte ein wenig nachgelassen; jetzt war es ein monotoner, unpersönlicher Regen, der Jahrhunderte dauern konnte. Ich bedeckte meinen Kopf mit der Kapuze des Mantels, der immer schwerer wurde, je länger wir in der Nähe des Hotels herumliefen. Die Nacht war sehr dunkel; es waren nur die Lampen zu sehen, fünf oder sechs, die zwischen den Betonwänden des anderen Gebäudeteils herumstocherten. Die Hälfte der Lampen funktionierte nicht richtig; sie flackerten und erloschen immer wieder. Vázquez schaltete seine aus, und die Batterien fielen ihm in den Dreck.

Neben mir tauchte Guimar auf.

»Da ist sehr viel Volk. Warum gehen Sie nicht am Strand suchen?«

Um zu dem Wall aus Algen zu gelangen, musste ich die Hoteltür passieren. Als sie mich sah, kam Ximena hinter mir her. In der Hand hielt sie den schweren Fotoapparat. Wortlos akzeptierte ich ihre Gesellschaft. Ich begann, ein altes Lied zu pfeifen.

»Leihen Sie mir mal die Lampe«, sagte sie.

Ich schüttelte den Kopf. Um nichts in der Welt wollte ich mich von meinem Spielzeug trennen.

In der Nähe des Leuchtturms machte die Küste eine Biegung, sodass das Hotel außer Sicht geriet. Vor uns war die grenzenlose Leere. Ich hatte begonnen, über die Algen zu laufen; meine Füße versanken im schwammigen Bett.

»Er muss ertrunken sein. Er ist wohl ins Wasser gegangen, bis die Wellen ihn mitgenommen haben. Innerhalb der nächsten drei Tage wird er wieder auftauchen, mit dem

Gesicht nach oben auf dem Strand, von den Fischen angefressen, mit bläulicher Haut und leeren Augen.«

Ximena ging langsamer, erschreckt von den eigenen Worten. Ich ließ sie zurück. Ich wollte keine Gesellschaft. Ich wanderte durch die entlegenen Lande meiner Ängste, einen Schauplatz wie in den alten Abenteuerbüchern. Es war ein Strand und die Nacht und das Unwetter, es konnte aber auch die Wüste sein, der Dschungel, eine einsame Insel. Der Ort spielte keine Rolle; wichtig war nur, in die Nacht hineinzugehen, angelockt und angstvoll, die Hand um eine Lampe gekrampft.

Ich richtete den Strahl nach vorne, bis das Licht auf den Mann traf, der da versank.

Als ich näher kam, sah ich, dass der erste Eindruck falsch gewesen war: Der Mann kniete, das Gesicht zum Meer, als ob er sich in stummem Flehen an einen untergetauchten Gott wendete.

Gleichmütig betrachtete Zuñiga die Lampe, die ihn blendete. Er hatte Algen im Gesicht, auf dem Kopf, auf der nassen Kleidung, als ob er über den Strand gekrochen wäre. Ein zerbrochener Krebs baumelte vor seinem Gesicht. Er war ein Ertrunkener, ein Ertrunkener, der reden konnte. Ich weiß nicht, ob er wusste, dass ich bei ihm und dass ich real war. Ich weiß nicht, ob er mit mir sprach oder mit sich; aber er tat es im Tonfall eines Menschen, der jemandem ein Geheimnis verrät.

»Das ist kein Fluss«, sagte er. Ich glaubte, in seinem Wahn meine er das Meer. »Jetzt sehe ich es genau. Es ist ein Sumpf.« Das Gesicht nach unten, fiel er auf die toten Algen.

Teil IV
Acheron

Dann sagt' er mir: »Er muss sich selbst verklagen;
    Es ist Nimrod, durch dessen böses Denken
    Auf Erden nicht nur eine Sprache gültig.
Wir lassen ihn und sprechen nicht ins Leere,
    Denn jede Sprache ist für ihn die Gleiche,
    wie seine für die andern, unverständlich.«

Dante Alighieri, *Die Göttliche Komödie,*
Die Hölle, Einunddreißigster Gesang

22

Sie brachten Zuñiga in die Unfallstation von Puerto Esfinge. Es war ein weiß gekälktes Gebäude mitten in einem dunklen Block. Eine unverputzte Wand trennte den Warteraum vom Sprechzimmer. Der Kommissar und ich setzten uns, um zu warten. Auf einem verblassten Druck bat eine Krankenschwester um Ruhe, indem sie den Finger auf den Mund legte. Jemand hatte ihr Bart und Schnauzer gemalt. Eine Uhr, Geschenk irgendeines Labors, zeigte eine unmögliche Zeit.

Die Tür zum Sprechzimmer stand offen; von meinem Stuhl aus konnte ich Zuñigas Gesicht sehen, von der Sauerstoffmaske bedeckt. Guimar zündete sich eine Zigarette an. Man hörte die raue Stimme des Arztes.

»Machen Sie die aus, Kommissar. Der Mann liegt im Koma.«

»Bald darf man nirgendwo mehr rauchen.«

Er öffnete die Tür und warf die Zigarette auf die Straße.

Die Neonröhre begann zu flackern; der Arzt stieg auf ein Bänkchen und klopfte gegen das Glas, um die Leuchte zu stabilisieren. Dann beendete er die Untersuchung und zog seine Gummihandschuhe aus. Er war zwei oder drei Jahre älter als ich; mit einer gewissen Gleichgültigkeit trug er einen geflickten und befleckten Kittel. An einer Seite des Raums stand ein Feldbett mit einer Decke, und ich bedauerte den Arzt wegen der durchwachten Nächte mit Klopfen an der Tür, gebrochenen Knochen, Fieberanfällen, Frühgeburten. Mit der Geste eines Magiers zeigte er uns eine Münze.

»Die hatte er unter der Zunge.«

Er betrachtete mich, als erwarte er eine Erklärung. Ich zuckte mit den Schultern.

»Möglicherweise war das eine Methode, um mit dem Rauchen aufzuhören«, sagte Guimar. »Ich habe schon alles versucht.«

»Wir müssen ihn ins Provinzkrankenhaus verlegen. Tun Sie mir einen Gefallen, Kommissar, rufen Sie das Hotel an: Die sollen den Kleinbus noch mal herschicken.«

»Und die Ambulanz?«

»Ist in der Werkstatt. Sie kennen doch den Fahrer, den ich habe; jeden Sonntagabend besäuft er sich und fährt los, um auf der Landstraße Hasen platt zu fahren.«

Guimar benutzte das Telefon im Vorraum, um das Hotel anzurufen. Er stieß dort auf einigen Widerstand und musste brüllen, damit man ihm gehorchte. Fünfzehn Minuten später erschien der Kleinbus. Ich half, den Kranken und die Sauerstoffflasche einzuladen. Der Arzt schaltete das Licht im Behandlungsraum aus, schloss ab und stieg in den Wagen. Guimar und ich blieben mitten auf dem Bürgersteig zurück, an der dunklen Straße.

»Seit Jahren warte ich auf so einen Fall. Ein Rätsel, das gelöst sein will. Und jetzt, wo endlich so etwas kommt, wird mir klar, dass ich nicht die geringste Ahnung habe, wie ich weitermachen soll.«

Ich hatte keine Lust, mir nächtliche Beichten eines melancholischen Polizisten anzuhören.

»Ich gehe ins Hotel, Kommissar.«

»Warten Sie. Ich hasse Verrückte, wissen Sie? Mit Delinquenten kann man auskommen. Es ist ganz leicht, deren Gedanken zu erraten. Aber bei den Verrückten? Nein. Sie morden und bringen sich selber um, ohne irgendein Motiv. Man fängt einen Verbrecher und fühlt Befriedigung. Aber meinen Sie, es läge irgendeine Befriedigung darin, einen Wahnsinnigen zu schnappen?«

Guimar zündete sich eine Zigarette an. Die Stille war so tief, dass ich ganz deutlich das Streichholz brennen hörte. Vom Ende der Straße näherte sich ein groß gewachsener Mann.

»Was ist mit Zuñiga passiert?«, fragte Kuhn.

»Der war spazieren«, antwortete der Kommissar. »Ich gehe schlafen. Wenn Ihnen was einfällt, Kuhn, rufen Sie mich im Kommissariat an. Was haben Sie noch mal gesagt, womit sich diese Leute befasst haben?«

»Die Sprache vor dem Turmbau zu Babel. Die Sprache, in der Adam den Dingen ihre Namen gegeben hat. Eine vollkommene Sprache.«

»Wenn wir die Dinge nur einmal benennen müssten, wenn ein Wort genug wäre, um alles zu erhellen, dann wäre das Leben in diesem Kaff hier grauenhaft. Alle stumm, in der Bar, beim Friseur. Hier redet keiner ohne Umschweife, und keiner geht gerade Strecken. Wissen Sie, was die einzige vollkommene Sprache ist? Die, die einem hilft, die Zeit totzuschlagen.«

Der Kommissar ging langsam davon. Kuhn und ich wanderten zum Hotel.

Es war kalt, aber der Wind hatte sich gelegt. Mein schwerer Mantel gab die Feuchtigkeit direkt an meine Knochen weiter. Ich nieste.

»Meinst du, das war der Letzte?«, fragte Kuhn.

»Kommt drauf an. Bist du sicher, dass sonst keiner in diesem Ausschuss war?«

»Ganz sicher. Ich weiß das so genau, weil sie mich gebeten haben, das als private Sitzung anzusehen. Sie wären dabei, ein Thema zu untersuchen, über das sie noch nichts bekannt geben könnten.«

»Ob sie irgendeiner Sekte angehören?«

»Nein. Valner, das könnte sein, aber weder Rina noch Zuñiga waren so gebaut. Sie haben mir nicht gesagt, was das für ein Geheimnis war, aber ich nehme an, es hat sich um das Wörterbuch der mythischen Sprachen gehandelt, das Naum seit langem koordiniert.«

»Was hat Naum mit alledem zu tun?«

»Habe ich dir das nicht gesagt? Er ist derjenige, der diese besondere Sitzung geplant hatte. Aber an dem Tag konnte er ja nicht reisen, deshalb haben sie ohne ihn angefangen.«

Wir waren vor dem Hotel angekommen. Die wahre Nacht, die totale Nacht, in der alles schläft, war noch nicht gekommen, aber zum Ausgleich war diese tiefer als andere. Der zweite Hotelteil verkündete seine Souveränität, indem er das Jaulen der eingefangenen Winde hören ließ.

Ich wollte schlafen, konnte aber nicht. In einem ungleichen Kampf zwischen meiner Müdigkeit und meiner Neugier wälzte ich mich im Bett herum. Ich wusste, dass Naum mir nichts sagen, eine beliebige Ausrede erfinden, kein Wort verraten würde über die seltsame Sprache und über diese andere, noch schwierigere: die Sprache der Tatsachen. Die Tatsachen, hatte Naum mir vor zwanzig Jahren gesagt, sind mit der Wahrheit unvereinbar.

Jemand klopfte schüchtern an meine Tür. Ich öffnete, ohne zu fragen, und da stand sie, hinreißend unfrisiert.

»Ich kann nicht schlafen. Ich habe Angst.«

Insgeheim begrüßte ich die Existenz von Angst und Schlaflosigkeit.

»Hat Zuñiga etwas sagen können?«, fragte Ana.

»Nein. Sie haben ihn in ein Krankenhaus gebracht, bewusstlos. Wenn er zu sich kommt, hoffe ich, weit weg zu sein.«

»Hast du es so eilig, dich von mir zu verabschieden?«

»Du ahnst ja nicht, wie sehr.«

Ana ließ sich auf eines der beiden Betten des Zimmers fallen und schlief sofort ein. Ohne sie zu wecken, zog ich ihr die Schuhe aus, ein bisschen verschämt wegen der Lust, mit der ich ihre Füße berührte. Ich breitete eine Wolldecke über sie und löschte das Licht, um sie nicht betrachten zu müssen.

23

Ich wusch mir das Gesicht. Ich hielt die Handgelenke unter das kalte Wasser. Das Rauschen weckte Ana. Sie sah mich befremdet an, als wüsste sie nicht mehr, wie sie hergekommen war.

Ich zog meine Schuhe an. Sie waren feucht. Langsam schlang ich die Schleife; ich wollte Zeit gewinnen, ganz so, als stünde mir eine Prüfung über ein Thema bevor, von dem ich nichts wusste.

Ana schaute auf die Uhr; es war zwanzig vor vier.

»Wo willst du denn jetzt hin?«

»Ich muss etwas suchen«, sagte ich.

»Du kannst mich doch nicht allein lassen. Ich gehe mit.«

»Ich gehe ins Zimmer dreihundertsechzig.«

Mitten in der Nacht, in einem verschlossenen Raum, klingen die absurdesten Ideen möglich und sinnvoll.

»Ich komme mit.«

»Ich gehe nach dreihundertsechzig«, wiederholte ich. Ich weiß nicht, ob ich sie entmutigen wollte oder nicht.

Ana folgte mir über die Treppe durchs schlafende Hotel. Das Foyer war verlassen. Der Nachtportier schlief wahrscheinlich in einem der Zimmer im Erdgeschoss. Auf dem Schreibtisch des Büros lagen eine Klatschzeitschrift, ein Kreuzworträtsel-Magazin und eine leere Bierdose. Ich öffnete die Schreibtischschublade und fand drei große Schlüsselbunde, einen für jede Etage. Ich nahm den für die dritte.

Wir stiegen die Treppe hinauf.

»Ist sie immer noch da?«, fragte Ana.

»Sie wollten sie nicht bewegen, bis der Gerichtsmediziner kommt. Der kommt erst morgen.«

»Ich will sie nicht noch mal sehen.«

»Ich gehe ins Bad, du suchst im Zimmer.«

»Was sollen wir denn suchen?«

»Papiere, Briefe, Notizen.«

»Die werden es aber merken, wenn etwas fehlt.«

»Mach dir keine Sorgen, wir bringen alles wieder zurück.«

Ich schaute auf die vergoldeten Ziffern der Türnummern. Wir gingen ins Zimmer; es roch wie lange verschlossen.

»Ist jemand im Nebenzimmer?«, fragte sie.

»Nein, die haben diesen ganzen Sektor geräumt. Man hat sie an einem anderen Gang untergebracht.«

Ana ging zum Bett und begann, zwischen den Kleidungsstücken zu suchen. Es gab einen kleinen offenen Lederkoffer, in dem Wäsche zu sehen war, und ein handgeschriebenes Notizbuch. Auf dem Nachttisch standen zwei Parfümflaschen und eine mit Reinigungscreme. Über einem Stuhl hing ein grünes Sakko mit einer Brosche in Form eines Skarabäus am Revers. Auch ein offenes Buch lag dort – eine Biografie von Marsilio Ficino, verfasst von einem Engländer – und auf dem Buch eine Brille Marke Carey.

Ana fiel die leichte Arbeit zu. Ich knipste das Licht im Bad an.

Die Frau steckte in einem blauen Nachthemd. Die Badewanne lief fast über. Der Kopf, zurückgebogen, ließ den weißen Hals sehen, mit einem Goldkettchen und einem Medaillon. Das Wasser war völlig rot. Die Arme waren untergetaucht, unsichtbar.

Ich erinnerte mich an unser Gespräch auf der Fahrt zum Hotel. Die Frau war merklich stolz auf ihre Arbeit gewesen und hatte Pläne gehabt. Am Flughafen hatte sie eine Karte der Gegend gekauft, und ich war sicher – wenn ich auch meine Idee nicht rational würde verteidigen können –, dass niemand eine Landkarte kauft, wenn er weiß, dass er sterben wird.

Auf dem Waschbecken lagen eine blaue Zahnbürste und eine Tube Zahnpasta. Ich öffnete das Badezimmerschränkchen. Darin stand ein mit Plastik bedecktes Glas. Ich nahm die Plastiktüte heraus und zog sie wie einen Handschuh an. Während ich mich der Leiche näherte, versuchte ich, an etwas anderes zu denken.

Rina Agris Nacken ruhte auf dem Rand der Badewanne. Durch diese Stellung war der Mund wie zu einem Gähnen geöffnet. Ich hob die Zunge an und suchte darunter. Dann griff ich nach der kleinen, versilberten Münze. Es war die dritte.

Meine Hand zitterte so sehr, dass ich die Münze ins rote Wasser fallen ließ. Ich konnte noch das Gesicht eines unbekannten Staatsmannes sehen, mehr nicht. Vermutlich handelte es sich um eine ausländische Münze.

Ich wollte sie aus der Wanne holen, aber als ich die kalte Flüssigkeit berührte, wurde mir klar, was ich da tat. Ich hatte bei einem der Autoren des Kreises um Kabliz gelesen, dass es bei Bergsteigern oft zu Panik kommt. Sie gehen den Berg an, entschlossen und voller Energie, aber irgendwann, in der Dämmerung, halten sie inne und schauen hinab und können dann einfach nicht mehr weiter, wie zermalmt von der Kälte und Einsamkeit der Berge. Manche versuchen besinnungslos zu fliehen und stürzen ab und sterben.

Die Woge aus Angst und Ekel spülte mich aus dem Bad. Ich zog den improvisierten Handschuh aus und ließ ihn auf den Boden fallen. Ich wäre schreiend hinausgerannt, wenn Ana mich nicht am Arm gepackt hätte. Bevor wir hinausgingen, räumte sie das Zimmer wieder auf. Dann führte sie mich durch die Korridore des Hotels zu unserer Zufluchtsstätte.

24

Es gab getippte Seiten mit Korrekturen am Rand und handschriftliche Notizen. Aus Rinas Zimmer hatte Ana außerdem ein kleines schwarzes Tonbandgerät mitgenommen. Ich wusch mir die Hände wie ein Wahnsinniger.

»Was hast du denn gesucht?«, fragte sie.

»Eine Münze. Die dritte.«

Die beiden anderen hatte ich in ein Fach der Reisetasche gesteckt. Ich zeigte sie ihr.

»Rina hatte auch eine. Ich habe sie gesehen, aber dann ist sie ins Wasser gefallen.«

Ana warf eine der Münzen in die Luft.

»Wo waren die?«, fragte sie.

»Im Mund, unter der Zunge.«

Sie warf die Münzen aufs Bett, als hätten sie sich plötzlich in etwas anderes verwandelt. Wörter können Dinge binnen Sekunden verformen.

Noch einmal sah ich die Papiere durch, gründlicher als zuvor, und legte ein Blatt mit handschriftlichen Notizen beiseite. Zuerst hatten wir nicht gesehen, dass auf der Rückseite ein kurzer Text stand, geschrieben mit dem Computer oder einer elektrischen Schreibmaschine. Rina Agri hatte die Rückseite eines Briefs als Schmierzettel genommen.

Liebe Rina,
ich habe noch keine Bestätigung für meinen Flug; er ist ausgebucht. Auf alle Fälle habe ich für den nächsten Tag reserviert. Wenn ich nicht am Tag der Eröffnung komme, fangen Sie doch ohne mich an.
Es grüßt Sie

S. Naum (wie V. sagt, Ihr Bruder in der Sprache des Acheron)

Naum hatte die Karte mit einem riesigen S signiert.

»Münzen im Mund von Toten. Woran erinnert dich das?«, fragte ich.

»Charons Lohn«, sagte Ana. »Die Verwandten steckten eine Münze in den Mund des Toten: der Preis für die Überfahrt.«

»Um den Acheron zu überqueren. Was für eine Erklärung wird Naum dazu einfallen? Wie Valner sagt, sein Bruder in der Sprache des Acheron.«

Ich erinnerte mich an die Bildtafeln eines Bandes über griechische Mythologie, den ich mit zehn Jahren geschenkt bekommen hatte. Das Buch hatte einen gelben Einband, und die hervorgehobene Initiale auf jeder Seite imitierte griechische Buchstaben. Auf den dem Hades gewidmeten Seiten gab es ein Bild von Charon, gezeichnet von irgendeinem Amateur. Charon hatte einen Buckel, trug Fetzen und trieb die Barke mit einem großen Ruder an. Über dem Fluss lag grauer Nebel, der den Blick aufs andere Ufer verhinderte. Am Boden der Barke lag der Fahrgast, fahl und nackt, die Füße hingen über die Bordkante. In der Bildunterschrift stand, der Acheron trenne die Welt der Toten von der der Lebenden. Andere, kleinere Flüsse machten die Gegend scheinbar zu einem Sumpf.

Es ist kein Fluss, es ist ein Sumpf. Ein Sumpf ist ein Fluss, mit dessen Überquerung man nie zu Ende kommt.

»Warum haben sie Münzen genommen, die nicht mehr im Umlauf sind?«, fragte Ana.

»Sie haben ein Symbol gebraucht, nehme ich an, und dazu taugen nur nutzlose Dinge.«

Ich sah Rinas Papiere durch: Ihrer Handschrift, winzig und sauber, schien jede Vorstellung von Tod fremd zu sein. Die meisten Seiten waren Material für einen Vortrag. Am Rand einer Seite hatte sie eine Münze durchgepaust, indem sie sie unter das Papier legte und mit der Rückseite des Bleistifts darüberfuhr.

Münzen unter der Zunge von Toten. Der Herr der Unterwelt war ja auch der Hüter des Reichtums.

Ana spulte das Tonband zurück. Wir hofften auf die Botschaft, die alles erklären würde, die Stimme, die vom Pakt spräche, geteilter Wahn, inkarnierte Mythologie.

»Die Arbeit des Übersetzers besteht wie die des Schriftstellers aus Schwanken. Der Schriftsteller übersetzt ja auch und zweifelt und will den Begriff finden, der genau der Idee entspricht; auch er weiß, wie der Übersetzer, dass seine eigene Sprache sich da in widerspenstiges fremdes Kauderwelsch verwandelt. Der Schriftsteller übersetzt sich, als wäre er ein anderer, der Übersetzer schreibt den anderen, als wäre er selbst dieser.«

Ana ließ das Band vorlaufen. Sprachen, die sich bei Pound begegnen, in *Finnegans Wake,* in den Wartesälen der Flughäfen, in den Bars der Universitäten, in den Albträumen der Übersetzer. Sie spulte noch weiter vor; in der tiefen Nacht war auch das Brummen des Tonbandgeräts eine Stimme, die uns verspottete.

Und Rina sprach weiter, aber diesmal unterbrach das Andere sie, die dunkle Gestalt der unbekannten Sprache. Sie hatte resignierend dem Spanischen entsagt und versuchte, auf Italienisch zu sprechen, aber die Sprache trieb sie weiter fort von dem Brett, auf dem die bekannten Gesetze herrschten. Die andere Sprache – die Sprache des Acheron – zog sie in einen Strudel. Welche Geschichte erzählte diese andere Sprache? Was war die Bedeutung der Sprache ohne Bedeutung? In diesem Raunen gab es eine Musik, erzeugt durch die völlige Abwesenheit von Musik, und das ließ an eine Bedeutung denken, die gebildet wird durch die Abwesenheit von Bedeutung.

Ich wusste, wir waren nahe an der Wahrheit. Ich verspürte Angst und Ekel und Resignation.

Ich dachte an den Moment, da ich den Koffer packen, alle grüßen und für immer von hier verschwinden würde.

Tonlos sagte ich: »Es ist Zeit, mit dem Übersetzen zu beginnen.«

25

»Ich bringe jetzt die Papiere zurück«, sagte ich. »Bis auf das hier. Und das Tonband.«

Ich steckte den Brief in die Tasche.

»Besser, wenn ich diesmal allein gehe.«

»Bist du sicher?«

»Warte hier auf mich.«

Beim Gehen versuchte ich, keinen Lärm zu machen, aber meine Fantasie vervielfachte das Geräusch meiner Schritte. Ich lenkte mich damit ab, dass ich mir mögliche Erklärungen überlegte, falls jemand mich die Tür des Zimmers öffnen sähe.

Ganz leise machte ich die Tür von Zimmer 316 auf. Ehe ich den Schalter hätte erreichen können, ging das Licht der Nachttischlampe an. Ich stieß einen dumpfen Schrei aus.

Es war Naum. Er trug einen von innen nach außen gedrehten Pullover, als hätte er sich im Dunkeln angezogen. Wir sahen einander an, ohne etwas zu sagen. Wir waren einmal Freunde gewesen. Wir kannten uns gut. Wenn wir einander hassten, konnte jedenfalls keiner sagen, es hätte sich um ein Missverständnis gehandelt.

»Was hast du gesucht?«, fragte er. Mit Autorität, wie der Hausherr.

»Einen Namen, und deinen habe ich gefunden.«

Ich öffnete den Koffer, der auf dem Bett lag, und legte die Papiere hinein. Naum nahm sie und blätterte darin. Nach beendeter Durchsicht legte er sie wieder zurück.

»Weiß Ana etwas?«

Ich hob die Schultern.

»Ana kauft dauernd irgendwas und wirft es weg«, sagte Naum. Er setzte sich auf das Bett und lehnte sich zurück.

Einen Moment lang schloss er die Augen, und ich dachte schon, er sei eingeschlafen. »Wegen all der Umzüge hat sie sich daran gewöhnt, fast nie etwas aufzuheben. Sie hat aber einen Schuhkarton mit den Sachen, die sie nicht wegwerfen mag. In dem Karton ist ein Foto von dir. Du sitzt an der Schreibmaschine; dahinter ist ein Fenster.«

Ich erinnerte mich an das Foto. Ich hasste Naum, weil er mich gut kannte, weil er wusste, dass ich weniger deshalb forschte, um ein Rätsel zu lösen, als um eine alte Schuld zu begleichen. Er wollte, dass ich glaubte, ich sei in Anas Augen einzig und unersetzlich gewesen. Naum wusste, wie er mich bestechen konnte. Aber meine Fähigkeit zu glauben hatte sich mit den Jahren abgenutzt, und ein Foto in einem Schuhkarton genügte nicht, um mich zu kaufen.

»Warum bist du hier? Was hast du gesucht?«

»Ich will nicht, dass jemand weiß, dass ich diese Leute gekannt habe. Wenn man annimmt, es handelt sich um eine Sekte und dass es einen Selbstmord-Pakt gegeben hat, dann können die uns hier monatelang mit blödsinnigen Formalitäten festhalten.«

»Mich werden die hier nicht festhalten. Schließlich steht ja nicht mein Name auf dem Papier.«

»Was für ein Papier?«

»Ein Brief.«

»Was ist das für ein Brief?«

»Darin steht: Fangt ohne mich an, vielleicht komme ich später.«

»Und was ist daran so kompromittierend?«

»Es war eine Lüge, dass es auf dem Flug von Buenos Aires hierher keinen Platz mehr gegeben hätte. Ich bin sicher, du hast in einer halb leeren Maschine gesessen.«

Naum lehnte sich wieder auf dem Bett zurück. Er schien

darauf eingestellt, den ganzen Rest der Nacht in diesem Zimmer zu bleiben, als ob die Geschäftsführung des Hotels ihm als Überraschung diesen Raum zugewiesen habe.

»Ich werde die Tür abschließen, wenn ich gehe«, sagte ich.

Er stand auf.

»Stillschweigen, als Gegenleistung für die Wahrheit«, sagte er.

Ich antwortete nicht. Ich schloss die Tür und entfernte mich durch den Korridor, um den Schlüssel zurückzubringen.

Als ich wieder in mein Zimmer kam, war Ana fort.

26

Kuhn war am nächsten Morgen sehr begehrt; alle wollten wissen, wann man uns abreisen lassen würde. Die Forderungen der Gäste rissen ihn aus seiner Trauer über das Schicksal des Kongresses, wenn es sich auch darum handelte, nun das Ende zu organisieren. Kuhn gab bekannt, er unternehme etwas, damit der Richter vor allem die Abreise der Ausländer zulasse; so, wie er sprach, hätte man annehmen können, er schicke Emissäre mit dringenden Botschaften aus.

Ich fand Ximena in der Bar, wo sie einen Orangensaft trank. Ab und zu schrieb sie einzelne Wörter in ihr Notizbuch. Ich fragte, ob sie etwas Neues über Zuñiga wüsste.

»Heute früh habe ich im Krankenhaus angerufen. Da war er noch immer bewusstlos, auf der Intensivstation. Sie meinen, er kommt durch.«

Ich setzte mich ihr gegenüber.

»Störe ich?«

»Nein, ich hab mir nur ein paar Notizen gemacht, das ist alles. Ich muss den Bericht demnächst abliefern.«

»Notizen worüber?«

»Heute früh haben sie die Leiche abgeholt. Und dabei haben Sie geschlafen. Als Journalist würden Sie nicht viel taugen.«

»Nein, leider nicht.«

Ich bestellte einen Milchkaffee und Croissants.

»Arbeite ruhig weiter. Kümmere dich nicht um mich. Morgens bin ich nicht sehr gesprächig.«

»Es ist schon fast Mittag.«

Mit Appetit aß ich die Croissants; dabei sah ich ihr beim Arbeiten zu.

Ich hatte das Gefühl, dass Ximena gern unterbrochen werden würde; also unterbrach ich sie.

»Schicken die noch jemand von der Zeitung her?«

»Nein, die lassen es mich allein machen. Sie sagen, ich hätte bis jetzt sehr gut gearbeitet. Schade, dass es schon zu Ende geht.«

Es gab zwei Tote, ein Mann lag im Koma, und es war schade, dass es zu Ende ging. Ich beneidete sie um die Frechheit, mit der sie das sagte.

Ana erschien und legte mir eine Hand auf die Schulter. Ximena hob den Blick nicht vom Papier.

»Naum will mit uns reden.«

»Jetzt?«

»Jetzt.«

»Wo ist er?«

»Oben.«

Ana ging weg, um mit Kuhn zu sprechen. Ich trank meinen Milchkaffee aus.

»Ist es wichtig?«

»Nein. Wir müssen eine Übersetzung besprechen.«

Ximena war so begierig auf Informationen, dass es mir Leid tat, dass sie die eigentliche Information verpassen würde.

Ana sah mich zur Treppe gehen und folgte mir. Wir stiegen zum dritten Stock hinauf. Dort blieb ich stehen.

»Erwartet er uns in seinem Zimmer?«

»Nein, ganz oben.«

Wir gingen weiter in die fünfte Etage, die verlassen war. Ich warf einen schnellen Blick in das Zimmer, in dem Miguel Zuflucht gesucht hatte; die Kerzen waren vom Boden entfernt worden. Über die Terrasse gelangten wir zum

Schwimmbad. Naum saß auf einem Stapel Hohlziegel, neben dem Becken.

»Wir werden jetzt darüber reden und dann nie wieder. Ich sage euch die Wahrheit; als Gegenleistung vernichtet ihr die Papiere, auf denen mein Name steht.«

»Kommt mir anständig vor«, sagte ich. »Ana?«

»Mir auch.«

»Wo sind die Papiere?«

Ich zog den Brief aus der Tasche.

»Das war alles.«

»Ganz sicher?« Er schaute Ana an. »Bist du sicher, Ana, dass das alles war?«

»Warum traust du ihr mehr als mir?«

»Sie kann nicht so gut lügen.«

Ich sagte mir, dass er sogar Recht haben konnte.

Naum sah uns an und glaubte uns. Wir alle glaubten an alle. Es war ein Treffen guter alter Freunde.

Naum begann zu reden.

27

»Vor fünf Jahren habe ich *Das Siegel des Hermes* veröffentlicht; in den Monaten danach habe ich mehr Briefe gekriegt als im ganzen restlichen Leben zusammen. Wissbegierige, Verrückte, die noch immer den Stein der Weisen suchen, ein Priester aus Portugal, der behauptete, er hätte unveröffentlichte Schriften von Paracelsus. Einer dieser Briefe stammte von einem griechischen Studenten, der in Paris lebte. Er wollte mich persönlich treffen. Ich zitiere eigentlich nie einen Namen, aber er hat so unterschrieben: Andreas Savidis, Ihr Bruder in der Sprache des Acheron.

Ich hatte die Sprache des Acheron nebenher erwähnt gefunden, bei der Beschäftigung mit der Biografie von Marsilio Ficino, als ich die Verbreitung des Hermetismus im Abendland untersucht habe. Im Jahre vierzehnhundertsechzig hatte Cosimo de' Medici Ficino mit der Übersetzung einiger Manuskripte von Platon und Plotin beauftragt. Bald darauf hat er zwei weitere Manuskripte gekauft, die den ursprünglichen Arbeitsplan veränderten. Eins war das *Corpus hermeticum;* das andere wird nur in einem Brief des Übersetzers erwähnt. Marsilio Ficino klagte, das andere Manuskript sei zwar mit griechischen Zeichen geschrieben, aber unverständlich. Anfangs hat er an einen Geheimcode gedacht und versucht, irgendeine Regelmäßigkeit zu finden, aber er hat bald aufgegeben. Cosimo wollte vor seinem Tod das *Corpus hermeticum* lesen und hat Ficino angetrieben, damit er es fertig stellt. Marsilio wurde mit der Übersetzung vierzehnhundertdreiundsechzig fertig, ein Jahr vor Cosimos Tod. Was mit dem anderen Manuskript geschehen ist, davon weiß man nichts.«

»Was ist die Sprache des Acheron?«

»Ich hatte immer gedacht, es wäre ein Aberglauben, der in den Köpfen der Religionshistoriker umgegangen ist, ein akademischer Mythos, für dessen Existenz es keinen anderen Beweis gibt als den Brief von Marsilio Ficino. Man hat angenommen, es sei die Sprache der Höllen. Einige, die an den Mythos glaubten, haben gesagt, Dante hätte die Sprache gekannt und deshalb in die *Hölle* zwei unverständliche Zeilen aufgenommen, die keiner bekannten Sprache angehören. Im achten Kreis sind die Verschwender und die Habgierigen, bewacht vom Gott des Reichtums und Hüter der Unterwelten, Pluto. Der Gott empfängt Dante und Vergil mit diesen Worten: *Pape Satan, Pape Satan, Aleppe.* Weiter hinten, im einunddreißigsten Gesang der *Hölle*, begegnet Dante Nimrod, dem König, der einen Turm in Babel errichten wollte. Nimrod ist dazu verdammt, niemanden zu verstehen und von niemandem verstanden zu werden; er sagt weitere unverständliche Worte: *Raphel may amech zabi almi.* Im Lauf der Jahrhunderte haben die Deuter allerlei Forschungen angestellt, um eine Erklärung dieser beiden rätselhaften Zeilen zu versuchen. Die Fortdauer des Mysteriums hat dazu beigetragen, dass die Legende von der Sprache des Acheron überlebt.

Als ich mich mit diesem griechischen Studenten getroffen habe, hat er mir gesagt, diese Sprache hätte ihm ein alter Professor übermittelt, kurz vor seinem Tod. Eine der Überlieferungen besagt, wer diese Sprache beherrscht, kann den Tod besiegen, solange er sie für sich behält und darauf verzichtet, sie zu sprechen. Der griechische Student sagte, der Mann, der sie ihm weitergegeben hat, sei älter gewesen, als ich es mir überhaupt vorstellen könnte.«

»Hast du ihn wieder gesehen?«

»Mehrmals. Er ist ein Student ohne solide Bildung gewesen, aber intelligent und leidenschaftlich. Ich habe nicht an die angebliche Macht dieser Sprache geglaubt, nach und nach wohl aber an ihre Existenz. Wenn ich Grammatik und Vokabular dieser mythischen Sprache fände, dachte ich, könnte das zu meiner Lebensaufgabe werden. Ich habe Andreas ein Stipendium beschafft und ihn gebeten, als Gegenleistung den Mund zu halten. Sein Versprechen war nicht viel wert. Er war sehr jung und wusste nicht, dass die Welt der Akademiker gefährlicher ist als die der Spione. In der Welt der Spione gibt es ein paar Doppelagenten; in der akademischen Welt gibt es nur Doppelagenten. Mit Hilfe einer Zeitschrift für klassische Philologie habe ich andere aufgetrieben, die die Sprache seit Jahren gesucht hatten: Rina Agri und Valner und Zuñiga und ein paar andere, die nicht gekommen sind. Sie waren schon lange hinter der Sprache her, aber keiner von ihnen hatte auch nur einen einzigen konkreten Hinweis, bis Andreas erschien, um sein Geheimnis allen weiterzugeben.

Ich wollte ihn in Bibliotheken einsperren, damit er in bisher unübersetzten Manuskripten weiter dieser Sprache auf der Spur blieb, aber seine Begeisterung hat ihn mitgerissen. Er ist losgezogen, um die Sprache in Krankenhäusern zu erproben; mir hat er gesagt, die Sterbenden könnten sie ganz leicht sprechen, behielten mühelos die Wörter und stürben dann mit der unbekannten Sprache auf den Lippen. Als ich ihn das letzte Mal gesehen habe, nachts, ist er gegen drei Uhr morgens in mein Büro gekommen. Es hat geregnet, und er war ganz durchnässt, schien das aber nicht zu bemerken. Ich habe ihn gefragt, was er denn die ganze Nacht gemacht hätte. ›Ich bin gewandert‹, sagt er, aber zögernd, so als ob er nicht genau weiß, was das Verb

›wandern‹ eigentlich bedeutet. Er hatte Aufzeichnungen über die Sprache gemacht, die ich später auswendig gelernt habe. Man muss sie mit einer Münze im Mund und nahe am Wasser sprechen, sagte Andreas. Dann beginnen die Visionen. Die Sprache ist ein Virus. Die Sprache erzählt eine einzige Geschichte. Die Sprache des Acheron ist eine Aufforderung, den Fluss zu überqueren. Wenn man darauf verzichtet, sie zu sprechen, wenn man sie beherrscht, offenbart sich das Geheimnis.

Ich wusste, dass Andreas Antidepressiva nahm; seinen Zustand habe ich den Medikamenten zugeschrieben. Ich dachte, es wäre eine primitive künstliche Sprache, mit Hilfe von Permutationen auf der Basis des Griechischen gebildet, mit mir unbekannten Regeln. Ich habe mir eine Sprache vorgestellt, die wie ein Halluzinogen wirken kann. Sind Drogen denn nicht Änderungen oder Korrekturen an der geheimen Sprache, die das Gehirn spricht? Die Sprache des Acheron auch. Aber sie tut mehr, als nur zu korrigieren; sie korrigiert bis zum Punkt der endgültigen Übersetzung – des endgültigen *Über*setzens.«

»Was ist mit dem Studenten passiert?«, fragte ich.

»Andreas war Asthmatiker. Er ist zwei Tage nach dem Besuch in meinem Büro gestorben, an einer Überdosis Bronchodilatans. Er hatte eine Münze unter der Zunge. Er hat den Abfluss des Waschbeckens mit Papieren verstopft, damit das Büro überschwemmt wird. Andreas hat geglaubt, die Beherrschung der Sprache würde ihn ewig leben lassen. Deshalb hat er es riskiert. Der Überlieferung zufolge ist es ab einem bestimmten Punkt so, dass man nicht mehr die Sprache spricht, sondern die Sprache spricht durch einen.«

»Haben Rina und Valner gewusst, dass sie sterben würden, sobald sie die Sprache verwenden? Hattest du sie gewarnt?«, fragte ich.

Naum stand auf. Am Boden des Schwimmbeckens gab es ein paar Hohlziegel, ohne besonderes System verteilt. Er betrachtete sie nun aufmerksam, wie die grünen Punkte, auf die er sich vor seinem Vortrag konzentriert hatte.

»Wir wollten uns treffen und zum ersten Mal die Sprache des Acheron sprechen. Wie sollten wir denn an eine Sprache glauben, die töten kann? Ich kann es immer noch nicht glauben …«

»Aber du hast doch gewusst, was mit Andreas geschehen ist. Hast du es ihnen erzählt?«

»Davon haben wir nie gesprochen.«

»Du hast alle hergebeten und bist einen Tag später angekommen, um die Ergebnisse des Experiments zu ernten.«

Naum lachte. Er sah auf Ana, als sei sie ein Richter.

»Glaub ihm nicht. Er hat mir nie verziehen.« Er sagte nicht, was ich ihm nie verziehen hätte. »Er ist immer noch in der Zeit verloren. Auch er redet eine tote Sprache.«

»Es gab überhaupt keine Probleme mit dem Flug. Du hast ein Experiment gemacht, und das Ergebnis war noch viel besser, als du erhofft hast. Wann soll das Buch erscheinen, das die Geschichte erzählt?«

»Ich habe dir gesagt, was ich weiß. Du willst mich ja wohl nicht des Mordes bezichtigen, weil ich einen Tag später gekommen bin. Jetzt will ich dieses Papier.«

Ich hob das Blatt hoch.

»Sag Ana die Wahrheit. Nur ihr; das genügt mir.«

Ich war fast überzeugt, dass Naum die Wahrheit sagen würde, und Naum war fast bereit, die eine Zeile zu sprechen, die an der Wahrheit noch fehlte. Aber dazu kam es nie. Er sprang mich an, wuchtig, aber ungeschickt, die

Augen auf das Papier gerichtet. Ich empfing ihn mit einem Kopfstoß gegen das Kinn. Er versuchte es noch einmal, kraftlos. Ich schlug ihm in die Magengrube. Er klappte vornüber und fiel auf den schmutzigen, feuchten Boden.

Ana kniete neben ihm nieder.

»Der Brief«, bat Naum mit dünner Stimme.

»Die Wahrheit«, sagte ich.

»Der Brief«, bat auch Ana. Ich wollte, dass sie die Wahrheit erfuhr, aber die Wahrheit war ihr nicht wichtig.

Ich knüllte den Brief zu einer Kugel zusammen und warf ihn Naum vor die Füße. Er richtete sich auf, um ihn aufzuheben. Dann setzte er sich wieder auf den Ziegelstapel.

Ich wandte mich an Ana.

»Dir wird er die ganze Geschichte erzählen, mit allen Details. Und er wird dich einladen, das neue Buch mit ihm zusammen zu schreiben. Es wird in viele Sprachen übersetzt werden, und das Einzige, worauf es ankommt, wird nicht drinstehen.«

Naum hatte ein Feuerzeug aus der Tasche gezogen und zündete den Brief an. Wir sahen zu, alle drei, wie das Papier verbrannte. Als von meinem einzigen Beweisstück gegen Naum nur Asche blieb, ging ich.

28

Nachmittags, nach dem Essen und einem kleinen Spaziergang, kam ich in mein Zimmer und roch eine Zigarette. Einen Moment lang dachte ich, ich hätte mich im Zimmer geirrt.

Ein Mann saß auf dem Bett; im Licht der Nachttischlampe las er meine Papiere.

»Was machen Sie da, Kommissar?«

Guimar blickte verdrossen wegen der Unterbrechung.

»Meine Arbeit. Keine Sorge, ich habe nichts Kompromittierendes gefunden.«

»Was haben Sie denn gesucht?«

»Da Sie herumgelaufen sind und fremde Zimmer besichtigt haben, dachte ich, Sie hätten vielleicht etwas von dreihundertsechzig mitgenommen.«

»Ich weiß nicht mal, wer in Zimmer dreihundertsechzehn wohnt.«

»Man hat Sie durchs Hotel tingeln sehen. Man hat gesehen, wie Sie die Schlüssel zurückgebracht haben. Was haben Sie eigentlich genau gesucht?«

Ich setzte mich aufs Bett. Guimar wusste Bescheid.

»Eine Erklärung.«

»Haben Sie was gefunden?«

»Nein. Sehen Sie sich doch selbst die Papiere an, die Rina Agri hinterlassen hat. Sie werden sehen, darin ist nichts, was irgendwas erklären würde.«

Guimar zog den Mantel an, den er aufs Bett geworfen hatte.

»Entschuldigen Sie den Zigarettengeruch. Ich schaffe es nicht, aufzuhören. Ziehen Sie Ihre Windjacke gar nicht erst aus, wir gehen zusammen los. Ich werde

Ihnen eine Geschichte erzählen und dann Sie mir eine andere.«

Guimar nahm den Hotelaschenbecher, den er mit Stummeln gefüllt hatte, und leerte ihn in die Toilette.

»Wohin gehen wir?«, fragte ich besorgt.

»Ich muss zum Kommissariat. Keine Angst, Sie sind nicht festgenommen.«

Kuhn erschrak, als er mich mit dem Kommissar herunterkommen sah.

»Wohin gehst du, Miguel?«

»Ich brauche jemand, der ein paar Papiere unterschreibt. Señor De Blast nehme ich als Zeugen mit«, sagte Guimar, ohne stehen zu bleiben. Ich setzte für Kuhn eine resignierte Miene auf und folgte dem Kommissar.

Draußen stand ein Fiat 1500.

»Ich muss mein eigenes Auto benutzen, sogar für amtliche Dinge. Der Polizeiwagen ist ewig in der Werkstatt. Wenn es nicht die Kerzen sind, ist es die Achse oder die Batterie. Kennen Sie sich mit so was aus?«

»Ich kann nicht mal fahren.«

»Hier kann man nicht leben, ohne zu fahren. Aber Autos machen immer nur Schereien. Das hier ist gar nicht so alt, und trotzdem muss ich oft laufen.«

Ich schätzte, dass der Wagen zwanzig Jahre alt war. Der Kommissar machte das Radio an. Ein Sprecher verlas ein paar Lokalnachrichten – eine Gemäldeausstellung, ein Unfall auf der Landstraße – und sprach dann vom Übersetzerkongress. Er sagte, er werde nun eine Verbindung zu einer Korrespondentin im Hotel schalten. Ich erkannte Ximenas Stimme.

»Dieses Mädchen knipst und schreibt und spricht im Radio.«

»Sie ist die einzige Journalistin, die wir haben«, sagte der Kommissar. »Der Vater ist Ingenieur und vor Jahren weggezogen. Hat sie und ihre Mutter sitzen gelassen.«

Der Wagen fuhr die Küstenstraße entlang und bog dann nach links, in den Ort. Der Kommissar bremste ab, bevor er eine rote Ampel überfuhr.

»Man muss vorsichtig fahren, auch wenn es ein ruhiger Ort ist«, entschuldigte er sich.

Er hielt den Fiat vor dem Kommissariat an. Niemand war in der Arrestzelle. In einem Zimmerchen schlummerte unter einer Büste von General San Martín ein Beamter. Guimar knallte die Tür zu, um ihn zu wecken, und ging weiter.

Wir stiegen eine enge Treppe hinauf zu einem Büro, in dem ein großer Schreibtisch stand. Metallarchive säumten die Wände. Auf dem Schreibtisch stand eine Schreibmaschine.

»Warum haben Sie mich hergebracht, Kommissar?«

Ohne zu antworten, setzte sich Guimar hinter den Schreibtisch; mit einem kleinen Schlüssel öffnete er eine Schublade. Er nahm eine 9-mm heraus, die er auf den Tisch legte, und einen orangefarbenen Aktendeckel. Darauf stand in sauberen Buchstaben: *Hotel del Faro*.

»Ich bin vor fünf Jahren in dieses Nest gekommen. Man hat mir gesagt, hier passiert nie was, hier ist nie was passiert, aber mir ist klar geworden, dass der Unterschied zwischen ›es passiert nichts‹ und ›hier passiert viel‹ nur eine Frage des Beobachtens ist. Ich habe ein leeres Archiv vorgefunden, das ich mit meinen eigenen Berichten fülle, von mir geschrieben und an mich gerichtet. Als ich ankam, habe ich angefangen, das Archiv zu füllen; ich habe mich hingesetzt, ein neues Farbband für die Maschine gekauft und angefangen zu schreiben. Ein Aktendeckel für jedes Thema. In diesem Archiv ist die ganze Geschichte des Orts, und keiner weiß es. Ich erzähle Ihnen das, weil Sie von außerhalb sind und weil ich will, dass Sie mich verstehen. Werfen Sie da mal einen Blick rein.«

Ich öffnete die Mappe. Es ging um den Kauf des Grundstücks für das Hotel, die Zusammensetzung der früheren Geschäftsführung, das Vorleben eines Architekten. Ich las: VERSTÖSSE GEGEN DIE BAUVORSCHRIFTEN.

»Wenn ich ein Vergehen entdecke, schreibe ich das in Großbuchstaben auf; das ist alles, was ich als meinen literarischen Stil definieren kann. Delikte in Großbuchstaben. Ich habe alles notiert. Manchmal hilft es mir, die Leute zu etwas zu bringen, aber es ist viel mehr als das. Ich will, dass nichts, was passiert, außerhalb meines Archivs bleibt. Es ist mir egal, dass ich manchmal nichts unternehmen kann, dass mir die Hände gebunden sind. Ich weiß nicht, ob ich für Gerechtigkeit sorgen kann; ich weiß nicht mal, ob Gerechtigkeit mich interessiert; aber ich will, dass alles aufgezeichnet wird. Jetzt reden Sie bitte; ich werde ein neues Blatt in den Deckel legen. Reden Sie, sonst bleiben Sie noch lange in Puerto Esfinge. Ich nehme an, in Buenos Aires wartet viel Arbeit auf Sie.«

»Sie werden mir meine Geschichte nicht abnehmen.«

»Wir werden sehen. Fangen Sie an. Tun Sie überzeugt, als ob niemand auf der Welt an Ihren Worten zweifeln könnte.«

Ich redete, zögernd, von der Sprache des Acheron. Ich redete von Valner und Rina und Zuñiga, erwähnte aber Naum nicht. In meinem Bericht ergaben sich die Todesfälle allein aus dem Bösen, das in einer Sprache schlummerte; es war ein Verhängnis ohne Schuldige. Guimar lauschte, ohne mich zu unterbrechen, obwohl ich Pausen machte in der Erwartung, unterbrochen zu werden; manchmal, wenn ich das Gefühl hatte, mich auf gefährliches Terrain zu begeben, redete ich schneller, um eine scheinbar drohende Unterbrechung zu vermeiden. Ich weiß nicht, weshalb ich Naum schützte; vielleicht gab es da noch einen Rest verlorener Loyalität, oder ich wollte nicht, dass Außenstehende in unsere alte Geschichte eindrangen.

Guimar sagte nichts über das, was er eben gehört hatte. Er nahm einen orangefarbenen Aktendeckel und schrieb darauf: *Sprache des Acheron.*

»Richtig geschrieben?«

Ich sagte ja.

Dann steckte er die Waffe in die Jackentasche, schloss die Schublade ab und befahl mir, ihm zu folgen.

29

Es wurde schon dunkel. Wir gingen durch eine öde Straße.

»Sie haben mir Ihre Geschichte erzählt. Jetzt bin ich dran.«

Ich sagte, ich sei müde und wolle zurück ins Hotel.

»Zehn Minuten, mehr nicht. Ich brauche einen Zeugen, habe ich Ihnen doch gesagt.«

Wir kamen zur Vorderseite des Städtischen Museums. Guimar klopfte an die Tür. Als niemand öffnete, hämmerte er weiter, bis ein grauhaariger Mann den Kopf herausstreckte. Er kam mir alt vor; später machte ich mir klar, dass er kaum älter war als ich.

»Kommissar ...«

»Wir wollen rein.«

»Wer ist der da?«

»Ich bringe ihn als Zeugen mit.«

»Zeuge wofür?«

»Dafür, dass ich auf die Tür schieße, wenn du nicht aufmachst.«

Der Mann löste die Kette.

»Lugo ist der Museumswärter, wenn es auch nicht viel zu bewachen gibt.«

Der Mann schaltete die Lichter an. Über unseren Köpfen hing der Unterkiefer eines Wals. In den Vitrinen gab es einbalsamierte Vögel, Gefäße, Schiffsinstrumente, Tierknochen. An der Wand sah ich ein Bild des Leuchtturms vor etwa einem halben Jahrhundert.

»Ich bin müde, Kommissar«, sagte Lugo.

»Das glaube ich wohl. Viel Nachtleben.«

»Ich stehe früh auf.«

»Vor dem Morgengrauen.«

Der Kommissar schaute in alle Ecken der beiden Säle und steuerte dann einen Korridor an. Der andere trat ihm in den Weg.

»Was suchen Sie?«

Der Kommissar schob ihn beiseite und ging weiter nach hinten. Der andere folgte ihm nicht. Guimar öffnete eine Tür, dann noch eine und verschwand in der letzten.

»Wer sind Sie eigentlich?«, fragte Lugo mich.

»Ein Übersetzer«, antwortete ich.

Der Kommissar kehrte zurück mit einer Keule mit Holzgriff, eingewickelt in ein schmutziges Tuch. Lugo betrachtete die Sache distanziert, als ob ihn alles nichts anginge.

»Damit hast du die Tiere getötet?«

»Ich jage schon lange nicht mehr.«

Guimar hob die Keule über Lugos Kopf. Er hielt sie dort, wobei er so tat, als koste es ihn Mühe, sie nicht fallen zu lassen. Der Museumswärter presste sich an die Wand.

»Als ich dahinter kam, dass du es warst, habe ich mir gesagt: ›Lugo ist verrückt geworden. Geht nachts aus, um Seehunde umzubringen.‹ Aber dann habe ich gehört, wie die Feuerwehrleute von einer Epidemie reden, und alle im Ort haben von Epidemie gesprochen, als ob sie Examen in Meeresbiologie abgelegt hätten. Komische Epidemie, die einem die Schädel zertrümmert. Was haben sie dir bezahlt?«

»Zweihundert«, sagte der Mann. Er war stolz auf die Zahl.

»Trigo und Diels? Unsere beiden Feuerwehrleute? Und wofür?«

»Sie haben mir nicht gesagt, wofür. Sie haben mich bezahlt, mehr nicht. Zwei reichen, haben sie gesagt, aber drei wären besser.«

»Du gibst dir solche Mühe und weißt nicht mal wofür.«
»Interessiert mich nicht. Und es ist vorbei. Ich schwöre Ihnen, es ist alles erledigt.«

»Ich begreife Leute nicht, die überhaupt nicht neugierig sind.« Der Kommissar hob die Keule. »Die Tatwaffe nehme ich mit, und ich will dich nicht mehr in Strandnähe sehen. Wenn ich es mir recht überlege, will ich dich nirgendwo sehen. Hast du gehört, ob sie das Museum wieder eröffnen wollen?«

Lugo schüttelte den Kopf.

»Der Direktor sagt, es gibt kein Geld. Zuerst müssen das Dach und die kaputten Leitungen repariert werden ...«

Der Kommissar wandte ihm den Rücken zu.

»Demnächst machen wir hier mal eine Tour mit Führung, Herr Übersetzer.«

Erleichtert ging ich zur Tür. Lugo schloss sie sehr schnell, ehe der Kommissar es sich anders überlegen konnte.

Ich begann, Richtung Küste zu gehen. Ich fürchtete, der Kommissar könnte andere Pläne haben – befürchtete, sein Rundgang könnte noch nicht beendet sein. Aber er folgte mir, ohne Umwege vorzuschlagen.

»Wollen Sie ihn nicht festnehmen?«

»Nein; das ist ein armes Schwein.«

»Was haben denn die Feuerwehrleute davon, dass er Tiere totschlägt?«

»Am Rand von Esfinge gibt es ein paar Straßen, die sind ›befreites Territorium‹. Spielhöllen mit Roulette und Karten und Häuser, in denen drei oder vier nicht mehr ganz junge Frauen Lkw-Fahrer und Hafenarbeiter empfangen. Vor zehn Tagen ist einer bei einem Streit oder einer Abrechnung gestorben; der Besitzer von einer dieser Kaschemmen war vermutlich besoffen und hat die Leiche ins Wasser geworfen, nahe an der Küste. Wenn die getrunken haben, vergessen sie, dass man Leichen nicht nahe an der Küste versenken darf: Die kommen zurück. Der Mann hat die Feuerwehrleute gebeten, sich der Sache anzunehmen. Als die Leiche wieder aufgetaucht ist, haben die beiden sie in eine Plane gewickelt und weiter weg verscharrt. Vorher, als sie noch auf die Rückkehr der Leiche warteten, haben sie das mit der Epidemie erfunden, zur Ablenkung; auf die Weise spielt es dann keine Rolle, ob jemand sie sieht. Das haben sie vor fünf Jahren schon mal gemacht, und es ist glatt gegangen. Da wollten sie es noch mal probieren.«

Es war kalt; aus Guimars Mund stieg Dampf. Wir erreichten den Weg, der an der Küste entlangführte.

»Meinen Sie, es ist vorbei?«, fragte er mich.

»Das mit den Robben?«

»Die Selbstmorde.«

»Ja. Es gibt keinen mehr, der die Sprache kennt, außer Zuñiga, und der ist isoliert.«

Guimar reichte mir die Hand. Der Abschied erleichterte mich.

»Morgen können Sie abreisen. Der Richter hat es schon erlaubt. Dem ist sowieso egal, was hier passiert, in Esfinge. Das Einzige, was er will, ist sich die Mühe der Fahrt hierher ersparen.«

Der Kommissar entfernte sich. Im Weggehen hörte ich seine Stimme; ich weiß nicht, ob er sang oder Selbstgespräche führte.

30

Als ich ins Hotel kam, nahm der Concierge eben die Informationen über den Kongress aus einem Ständer, um sie durch die bunten Faltblätter über ein Treffen von Managern einer Ölfirma zu ersetzen. Kuhn betrachtete die Arbeit, als müsse er bei einer Leichenfledderei zusehen.

Er fragte mich nicht nach dem Kommissar. Er war in seinen Gedanken verloren.

»Ich hatte geplant, die Unterlagen des Kongresses zu veröffentlichen, und jetzt werde ich nicht können«, sagte er.

»Warum nicht?«

»Die Hälfte des vorgesehenen Programms hat nicht stattgefunden. Wir haben die Zeit damit verbracht, von den Toten zu reden. Ums Übersetzen ist es kaum noch gegangen.«

»Im Gegenteil«, sagte ich. »Alles, was geschehen ist, hat was mit dem Übersetzen zu tun.«

Er stellte keine Fragen. Er wollte keine Erklärungen.

»Morgen früh reisen wir ab, in drei Gruppen«, sagte er. »Vor kurzem hat der Kommissar angerufen, um mitzuteilen, dass der Richter die Erlaubnis gegeben hat.«

Die Übersetzer hatten schon gegessen. Sie tranken Kaffee und tauschten ihre Anschriften aus. Ich brachte den Barmann dazu, mir noch eine Gemüsesuppe zu beschaffen. Während sie bereitet wurde, ging ich auf mein Zimmer, um den Mantel loszuwerden. Ich rief Elena an, um ihr zu sagen, dass ich am nächsten Tag käme, aber sie war nicht da, oder sie schlief, und ich sprach eine kurze Nachricht auf den Beantworter.

Als ich das Zimmer verließ, um zum Essen nach unten zu gehen, sah ich Ana am Ende des Korridors. Ich folgte ihr, wobei ich versuchte, kein Geräusch zu machen. Sie nahm die Treppe und ging ein Stockwerk höher.

»Willst du zu Naum?«

Meine Stimme ließ sie zusammenzucken.

»Ja.«

»Lass ihn. Egal, was er versprochen hat.«

»Mir hat er nichts versprochen.«

»Er lügt dich an.«

»Nein. Ein einziges Mal hat er mir gegenüber gelogen; das wird er nie wieder tun. Das ist zehn Jahre her. Damals hat er mich dazu gebracht, mit ihm zu gehen.«

Spät, sehr spät, erhielt ich so eine Antwort, um die ich nicht gebeten hatte.

»Danach hat er mich sitzen lassen, in einer Stadt, die ich nicht kannte. Ich habe nicht gewagt, nach Hause zu reisen.«

»Das ist ein Grund für Hass, aber keiner, jetzt in sein Zimmer zu gehen.«

»Naum und ich, wir sprechen dieselbe Sprache. Und das ist etwas, was sonst keiner verstehen kann.«

Ana küsste mich auf die Wange.

»Brich morgen nicht auf, ohne dich zu verabschieden«, bat sie; dann ging sie ins Zimmer 340. Naums Zimmer.

Ich aß allein und dachte dabei über ein künftiges Buch nach; es würde *Die Sprache des Acheron* heißen, und Ana und Naum würden es gemeinsam verfassen. Es erzählte vom Ursprung des Mythos, von den Spuren, die er im Lauf der Geschichte hinterlassen hatte; der Schlussteil des Buchs berichtete von Vorgängen in einem entlegenen Ort im Süden, in einem halb fertigen Hotel. Das Buch ließ in einer unerwarteten autobiografischen Aufwallung erahnen, dass die Autoren in jenen schwierigen Tagen eine alte

Romanze wieder aufgenommen hatten, die sie in ihre Jugend zurückversetzte. Sie erinnerten an die Märtyrer, die im Namen der Sprache gefallen waren, erwähnten aber nicht das Missverständnis, das sie verschlungen hatte, und auch nicht den Schuldigen an diesem Missverständnis. Es gab eine Liste mit Danksagungen, und mein Name stand darauf.

Ximena kam ins Hotel, keine Kamera in der Hand und kein Notizbuch oder Aufnahmegerät zu sehen.

»Vom Radio haben sie mich gerade angerufen, um mir zu sagen, dass Sie morgen alle abreisen. Ich bin gekommen, um mich zu verabschieden.«

Sie sagte nicht, ob sie gekommen war, um sich nur von mir zu verabschieden oder von allen. Ich lud sie zu einem Spaziergang ein, trotz der Kälte; wir sprachen über ihre Zukunft, ich gab ihr Tipps zu Themen, von denen ich absolut keine Ahnung hatte, und nahm sie mit auf mein Zimmer. Um dem Schmerz zu entfliehen, wählte ich die Lüge.

Als ich erwachte, war ich allein. Ximena hatte nicht einmal einen Zettel hinterlassen. Sie war wohl vor Morgengrauen gegangen, damit niemand sie sah. Von meinem Fenster aus konnte ich die Mitglieder der ersten Gruppe erkennen, die mit dem weißen Kleinbus abfuhren. Gern hätte ich Vázquez gegrüßt; von meinem Fenster aus gab ich ihm Zeichen, aber er sah mich nicht.

In aller Ruhe packte ich meine Sachen. Meine Stunde war noch nicht gekommen.

Als ich zum Frühstück unten ankam, sagte Kuhn: »Immer zu spät. Aber auf jeden Fall nimmst du eine Erinnerung an Puerto Esfinge mit.«

Er gab mir einen Leuchtturm aus Keramik, den ich in

die Manteltasche steckte. Ich nahm mir vor, mich seiner bei der ersten Gelegenheit zu entledigen. Ich hätte es sofort tun sollen; wenn man ein paar Stunden verstreichen lässt, wachsen einem die Dinge ans Herz.

»Bist du mit allem fertig? Ihr fahrt in einer halben Stunde.«

»Kommst du nicht mit?«

»Ich bleibe noch ein paar Tage. Ich habe ein paar Dinge zu erledigen.«

Er sagte nicht, was für Dinge das waren. Ich dachte mir einiges.

Ana kam mit einer Reisetasche herunter. Sie war blass und sah aus, als habe sie seit Tagen nicht mehr geschlafen. Sie näherte sich mir, grüßte mich aber nicht; sie begann zu reden, als ob wir ein gerade erst unterbrochenes Gespräch fortsetzten.

»Und wenn jemand diese Sprache im Traum hört?«

»Frag Naum«, sagte ich, ohne sie anzuschauen.

Ich wollte nichts mehr von der Sprache des Acheron wissen und auch nicht von Naum, nicht einmal von Ana.

»Und wenn jemand eine Aufnahme im Schlaf hört? Wenn jemand, der schläft, auf eine Aufnahme hin antwortet?«

Ich erinnerte mich an das kleine Tonbandgerät und an die Stimme von Rina, die redete wie eine Schlafwandlerin. Ich stellte mir die Szene vor, präzis wie eine Halluzination: Ana, die mitten in der Nacht erwacht, um die andere Geschichte auszuführen, jene, die meine Eifersucht nicht hatte begreifen können. Ich fragte sie, warum, und sie sagte nichts, und durch ihr Schweigen ließ sie zu, dass ich die Motive wählte. »Dann soll es unseretwegen gewesen sein«, dachte ich.

Ich erwachte aus meinem Neid, meiner Eifersucht, meinem Überdruss.

»Wo ist er?«

Ana schüttelte den Kopf. Ich fragte am Empfang; dort hatten sie ihn vor kurzem hinausgehen sehen.

Ich lief über die Schicht aus toten Algen. Ich hielt nach allen Seiten Ausschau; in der Ferne sah ich einen Mann. Als ich näher kam, bemerkte ich, dass es nicht Naum war, und wechselte die Richtung. Ich ging zum Leuchtturm. Mir wurde kalt, und diese Kälte war eine Botschaft, die ich nicht entziffern wollte. Die Sprache des Acheron redete weiter. Die Sprache des Acheron erzählte die einzige Geschichte, die sie erzählen konnte.

Ich öffnete die Tür des Leuchtturms; ich roch die Feuchtigkeit, verfaulende Seile und Planen, Abgeschiedenheit. Ein paar Sekunden lang hatte ich die Illusion, dass niemand da sei. Eine Münze fiel mir vor die Füße, und ich blickte nach oben.

Drei Meter über meinem Kopf hing Naum an dem abgeschabten Seil. Die einzig mögliche Übersetzung hatte ihr Ende erreicht.

Villa Gesell, Januar 1997
Buenos Aires, August 1997

Das Glück der Lektüre

Juan Manuel de Prada

»Poe wollte nicht, dass das Krimigenre ein realistisches Genre sei, er wollte, dass es ein intellektuelles Genre sei, ein fantastisches, wenn Sie wollen, aber ein fantastisches der Intelligenz«, so schrieb Borges über den Autor von *Der entwendete Brief*. Eine ähnliche Intention könnte man Pablo De Santis zuschreiben.

Zuallererst möchte ich anmerken, dass ich schon lange nicht mehr auf einen Altersgenossen gestoßen bin, der mit seinem Talent Literatur in anhaltenden Genuss und in ein Fest für die Intelligenz verwandeln kann. De Santis hat bereits *Filosofía y Letras* veröffentlicht, ebenfalls eine hypnotische und vergnügliche Lektüre.

Es lohnt sich, auf die literarische Vorgeschichte von De Santis einzugehen, weil sie zeigt, dass Beharrlichkeit und gesunde Vorurteilslosigkeit vereint mit Talent belohnt werden. Auch wenn der erste Roman *El palacio de la noche* – der Titel erinnert an Paul Auster – wundersamerweise 1987, mitten in einer Phase wirtschaftlicher Depression in Argentinien veröffentlicht wurde, musste De Santis sich in verschiedenen und seltsamen Berufen verdingen – aber immer im Dunstkreis der Literatur, die im Träumen und Wachen seine Leidenschaft ist. Er begann damit, sich in Boulevardredaktionen herumzutreiben und Müßiggänger zu interviewen. Seine Themen führten ihn dann zur parapsychologischen Presse, später fand er als Texter von Comics eine Anstellung. Er arbeitete abwechselnd als Redakteur bei der Zeitschrift *Fierro* und als Drehbuchautor für so betäubende oder aufputschende Fernsehsendungen wie *El otro lado* oder *El visitante,* die wir uns als ein Potpourri aus *Akte X* und Astrologischer Beratung vorstellen müssen. Währenddessen brachte er noch die Zeit auf, ein halbes Dutzend Jugendbücher zu schreiben, ein paar Bücher über Comics und eben diese beiden kleinen Juwelen *Filosofía y Letras* und *La traducción*.

Beide knüpfen an die Tradition von Borges und Bioy Casares an, in der sich in Sprache und Form Elemente des Kriminalromans und des fantastischen Romans vermischen. Eine Tradition, die den verbalen Exhibitionismus und die avantgardistischen Ergüsse meidet und dem Axiom folgt, dass »ein Buch eine Form von Glück sein muss« und keine ausgetüftelte Buße, um den Leser zu überfordern oder einzuschüchtern.

De Santis schreibt wie ein »naiver« Autor reduziert und zielgerichtet, was seine Plots zur permanenten Überraschung macht. Er besitzt außerdem die Fähigkeit, natürlich, humorvoll und dicht zu erzählen, was den Text in Fluss hält und die Handlung weitertreibt, bis zur Auflösung, die selbst gar nicht so wichtig ist wie die zahlreichen Mirakel, die sich unterwegs ereignen.

In *Filosofía y Letras* hatte er uns eine leicht kafkaeske Intrige über ein angeblich in den Trümmern eines Universitätsgebäudes verschollenes literarisches Werk erzählt, für das seine Anhänger zu töten und zu sterben bereit sind. In *Die Übersetzung* wählt De Santis die verlassene und fantasmagorische Landschaft Puerto Esfinge, wo sich eine Gruppe von Übersetzern zu einer Tagung trifft, um Themen ihres Verbandes zu besprechen. Der knapp vierzigjährige Miguel De Blast, der sich für die Ehe als Form sittsamen Scheiterns entschieden hat, ist einer der Gäste dieses leicht sonderbaren Kongresses. Die Teilnehmer versammeln sich im Hotel del Faro, einem zur Hälfte sanierten Gebäude.

De Blast, »Ausländer aus Nachlässigkeit«, ein Fliehender vor seiner Vergangenheit und sich selbst, trifft auf so gegensätzliche Kollegen wie den exzentrischen Valner, Übersetzer von theosophischen und hermetischen Schriften, oder den Unheil bringenden und brillanten Linguisten Naum, einen Jugendfreund, der ihm seine Geliebte Ana abspenstig gemacht hatte, welche ebenfalls an dem Kongress teilnimmt. Einer der vielen klugen Züge von Pablo De Santis besteht darin, der Kriminalintrige eine psychologische Intrige hinzuzufügen, eine Voraussetzung, die laut Borges jede »novela de misterio« erfüllen sollte, wenn sie lesbar sein will. Das Beziehungsgeflecht, das hinter den baufälligen Mauern des Hotel del

Faro entsteht, legt sich über den reinen Kriminalfall und schafft eine beklemmend schicksalshafte Atmosphäre.

Pablo De Santis gehört nicht zu den Autoren, die ihre Leser mit einem komplexen Wust verschiedenster Zeitebenen und sonstigen »Perspektiven« überhäufen, wie es häufig in Kriminalerzählungen geschieht. Dieser Text will kein perfektes Uhrwerk sein (obwohl er das ist, aber De Santis verschleiert mit äußerster Höflichkeit die Mechanismen), sondern er will Sprache zum Stoff und zum Motor der Handlung machen. Während an der Playa Esfinge tote Seelöwen auftauchen, die Opfer einer seltsamen Epidemie geworden sind, finden die Vorträge der Kongressteilnehmer statt, von denen jeder einzelne eine virtuose Miniatur darstellt, die ein unbescheidenerer Autor über dutzende von Seiten hinweg ausgewalzt hätte.

Der Kriminaloman, dieses Labyrinth der Verirrungen, hat in seiner Geschichte alle Variationen durchgespielt. De Santis präsentiert uns eine Tatwaffe, die so abstrakt und uralt ist wie der Turm von Babel: die Sprache. Nicht einmal ein Buch, wie *Im Namen der Rose,* sondern den Rohstoff Sprache selbst. So werden die kriminalistischen Probleme zu Sprachproblemen. De Santis gelingt es, dass nach der Lektüre das Geheimnis in unserem Gedächtnis weiter rumort und auf die Worte ausstrahlt, die wir lesen, sprechen und denken.

Mir fällt kein absoluteres Glück ein.

ABC, Madrid

Bibliografie

Belletristik:
Espacio puro de tormentas (1985), *El palacio de la noche* (1987), *La traducción* (1998, dt. Die Übersetzung, 2000), *Filosofía y letras* (1998, dt. in Vorbereitung)

Essays:
Historieta y política en los ochenta (1992), *Rico Tipo y las chicas de Divito* (1995), *La historieta en la edad de la razón* (1998)

Kinder- und Jugendliteratur:
Desde el ojo del pez (1991), *La sombra del dinosaurio* (1992), *Pesadilla para hackers* (1992), *Lucas Lenz y el museo del universo* (1992), *El último espía* (1992), *Astronauto solo* (1993), *Transilvania Express* (1995), *Invenciones argentinas* (1995), *Las plantas carnívoras* (1995), *Páginas mezcladas* (1996), *Rompecabezas* (1996), *Enciclopedia en la hoguera* (1996)

Der Übersetzer

Gisbert Haefs, geboren 1950 in Wachtendonk/Niederrhein, lebt und schreibt in Godesberg. Er übersetzte unter anderem Rudyard Kipling, Jorge Luis Borges, Georges Brassens, schrieb Funkfeatures und Hörspiele und ist haftbar für Erzählungen (*Auf der Grenze*, 1996; *Liebe, Tod und Münstereifel*, 1997), Kriminalromane (*Mord am Millionenhügel*, 1981; *Und oben sitzt ein Rabe*, 1983; *Das Doppelgrab in der Provence*, 1984; *Mörder & Marder*, 1985; *Die Schattenschneise*, 1989; *Matzbachs Nabel*, 1993; *Kein Freibier für Matzbach*, 1996; *Das Kichern des Generals*, 1996; *Hamilkars Garten*, 1999; *Schmusemord*, 1999), Science-Fiction-Abenteuer (*Barakuda-Trilogie*, 1986; *Traumzeit für Agenten*, 1994) und historische Romane (*Hannibal*, 1989; *Alexander*, 1992/93; *Troja*, 1997; *Raja*, 2000).

UT *metro*

Herausgegeben von Thomas Wörtche

»Die ersten metro-Bände gehören auf jeden Fall zum Besten, was derzeit an so genannter Spannungsliteratur zu haben ist.« *Michaela Grohm, Südwestrundfunk*

Jean-Claude Izzo
Total Cheops
Chourmo
»Izzo ist für Marseille, was Malet für Paris, Hammett für San Francisco, Charyn für New York ist.« *Süddeutsche Zeitung*

Helen Zahavi *Donna und der Fettsack*
Donna, das Mädchen von nebenan, und Henry, der fiese Kredithai, haben sich ineinander verbissen.

Walter Mosley *Socrates in Watts*
Nach siebenundzwanzig Jahren im Knast will Socrates wieder ein ordentlicher Mensch werden.

Stan Jones *Weißer Himmel, Schwarzes Eis*
Nathan Active ermittelt im nördlichsten Alaska. Ein Umweltskandal kann ihn Kopf, Kragen und Karriere kosten .

Christopher G. Moore *Haus der Geister*
Vincent Calvino kennt sich bestens aus in den Unter- und Halbwelten von Bangkok. Nicht immer zur Freude derjenigen, die die großen Räder im Fernen Osten drehen.

Rebecca Bradley, Stewart Sloan
Temutma
»Hongkongs Schauplätze, Geräusche und Gerüche rasen an uns vorbei im Rennen gegen die Zeit.« *South China Morning Post*

Chester Himes *Plan B*
Das Finale furioso des legendären »Harlem-Zyklus«: ein visionäres Szenario des schwarzen Aufstands in den USA.

Jon Ewo *Torpedo*
»Was wir über die osteuropäische Kriminalität wissen, macht aus dieser Geschichte mehr als eine Fiktion.« *Bergens tidende*

Mongo Beti *Sonne, Liebe, Tod*
Zam, der Journalist, hat Sorgen: Leiche in der Wohnung, Freundin entführt, Überfälle. Was ist los in dem afrikanischen Land?

Jerry Raine *Frankie Bosser kommt heim*
»Jerry Raines Prosa ist unwiderstehlich, und sein Blick ins Innere der Verbrecher großartig.« *The Times*

Jerome Charyn *Tod des Tango-Königs*
»Charyn ist einer unserer wagemutigsten und interessantesten Schriftsteller.«
New York Times

Celil Oker *Schnee am Bosporus*
Remzi Ünals erster Fall. In Istanbul steht ein Privatdetektiv oft mit einem Fuß außerhalb des Gesetzes. Nicht nur seine Klienten gehen der Polizei aus dem Weg.

Brian Lecomber *Letzter Looping*
»Brian Lecomber macht aus Flugzeugen und Piloten, was Dick Francis aus Pferden und Pferderennen macht.« *New York Times*

Pierre Bourgeade *Das rosa Telefon*
»Henry Miller hat ihn kommen sehen: den klimatisierten Alptraum. Mit Bourgeade wird er ein Vergnügen.« *Canard enchaîné*

Blue Lightning
Ohne Musik wäre das Leben ein Irrtum.
»Es kommt nicht oft vor, dass der unterhaltsamste Krimi des Jahres eine Sammlung von Kurzgeschichten ist.« *London Times*

William Marshall *Manila Bay*
»Dieses Buch ist Schwindel erregend, verrückt, grob und gesittet, exzentrisch und exzessiv.« *Los Angeles Times*

Lateinamerika im Unionsverlag

Eduardo Galeano
Das Buch der Umarmungen
Mit wenigen verdichteten Sätzen enträtselt Galeano Lateinamerika. Trotz melancholischer Gedankensplitter ein heiteres Buch, ein Aufruf, die Welt neu zu gestalten und der Phantasie freien Lauf zu lassen.

Humberto Ak'abal
Trommel aus Stein
In wenigen Worten bringt uns Humberto Ak'abal die Kultur der Maya näher. Dort wird das Wichtigste knapp gesagt. Im Klang der Silben, im Rhythmus der Sprache, in der Andeutung liegt die Wahrheit.

Francisco Coloane
Der letzte Schiffsjunge der Baquedano
An Bord des Schulschiffs Baquedano ist ein blinder Passagier, der fünfzehnjährige Alejandro, der um jeden Preis Matrose werden will. Auf der Reise lernt er das harte Leben auf See und eine unbekannte Welt an der Südspitze des Kontinents kennen.

Francisco Coloane
Feuerland
Wenige Seiten genügen Coloane, um unvergessliche Porträts jener Goldsucher, Walfänger, Robbenjäger, Gauchos, Matrosen, Aufständischer und Desperados zu skizzieren, die auf der Suche nach Glück und Reichtum durch die endlose Weite Patagoniens und Feuerlands streifen.

Francisco Coloane
Kap Hoorn
Vor dem unendlichen Horizont, in der Einsamkeit der Wildnis verfallen die Menschen auf Kap Hoorn dem grausamen Irrsinn. »Coloane versetzt uns in Zeiten und Räume, in denen wir nie gelebt haben und uns doch bewegen, als wären sie uns seit jeher vertraut.« *Erich Hackl*

José Léon Sánchez
Tenochtitlan
Durch die Augen eines aztekischen Weisen erzählt Sánchez über den Untergang der Azteken. Ein Roman wie ein grandioser Monumentalfilm, der aber nie an der Oberfläche bleibt, sondern die Weltsicht der Azteken, ihre geistigen und kulturellen Leistungen zeigt.

Fritz W. Up de Graff
Auf Kopfjägerpfaden
Nur einen Umweg auf der Heimreise von Ecuador in die USA hatte Up de Graff vor, als er dem Napo-Fluss an den Oberlauf des Amazonas folgte. Ein siebenjähriges Dschungelabenteuer: »Was ich erfunden habe, hat Up de Graff tatsächlich erlebt.« *Gabriel García Márquez*

Bestellen Sie unseren kostenlosen Verlagsprospekt:
Unionsverlag
Rieterstrasse 18, CH-8027 Zürich
mail@unionsverlag.ch